KB051654

인간은 자유롭게 태어났으나
어디서나 쇠사슬에 묶여 있다.

장 자크 루소

2019년 7월 19일   초판 1쇄

지은이 김세라
펴낸곳 하다
펴낸이 전미정
책임편집 최효준
디자인 편집 고은미 정윤혜
출판등록 2009년 12월 3일, 제301-2009-230호
주소 서울 중구 퇴계로 182 가락회관 6층
전화 02-2275-5326
팩스 02-2275-5327
이메일 go5326@naver.com
홈페이지 www.hadabooks.com
ISBN 978-89-97170-50-0 03810

정가 13,500원

ⓒ김세라, 2019

도서출판 하다는 ㈜늘품플러스의 출판 브랜드입니다.
이 책은 저작권법에 따라 보호받는 저작물이므로 무단 전재와 무단 복제를 금지하며,
이 책 내용의 전부 또는 일부를 이용하려면 반드시 저작권자와 ㈜늘품플러스의 동의를 받아야 합니다.

황금부리

잃어버린 시간을 찾아서

차례

태양의 새, 현조(賢鳥)
황금부리로 다시 태어나다.

시간에 영혼이 있다면 찾고 싶었다.

시간의 주인으로 살고 있는가에 대한 물음으로 첫걸음을 내딛는 순간이었다. 나의 시간을 누가 가져가기라도 했던 것일까. 시간의 딜레마에 빠져 의식 없는 노고의 탑을 세우고 있었다. 결국 삶이란 무너질 날을 향해 달려가고 있는 것이었을까. 빈곤의 양분을 먹고 자란 생각들은 인생의 제자리걸음만을 반복하게 할 뿐이었다. 바로 그 누구보다도 모던했던 현대인의 삶.

나는 '자유'란 단어를 떠올렸다. 그리고 아주 자연스럽게 새가 되고 싶다는 갈망을 가졌다. 하지만 '새처럼 날고 싶다.'는 꿈은 이미 내 안에 살고 있었다. 점점 또렷해지고 있는 그의 존재를 나는 잠잠히 지켜보기로 했다.

그들은 특별했다. 영적인 차원에서 언급되고 있는 새에게 든 경외심은 결코 우연이 아니었다. 어느 날 새를 통해 우리를 가르

친다는 성경 속 가르침을 〈새, 우리들의 선생님〉에서 만날 수 있었다. 만물의 영장이나 된 듯 멀찌감치 나뭇가지 위에 앉은 새를 바라만 볼 것이 아니라, 같은 생명체로서 새가 어떻게 하루하루를 살고 있는지를 알아야 했다. 새들은 모두 자유의 시간을 가지고 있었고, 나는 그들의 삶의 방식을 충실히 배워야 했다.

새는 먹는 것을 초월해 비행 자체에 목적을 두고 살았다. 엄청난 거리를 비행하고도 자신의 둥지로 정확히 돌아왔다. 그리고 사람처럼 하늘을 향해 아름다운 운율로 노래를 불렀다. 모여서 합창까지 하는 그들은 시간의 비밀을 알고 있는 영적 스승이 틀림없었다.

훗날, 나는 우연히 전해 들은 한 새의 이야기를 담게 되었다. 시간에 대한 비밀을 풀기 위해서 나는 우선 새가 돼야 했고, 영적 둥지를 직접 짓는 노동을 해야 했다. 아무도 오지 않는 나무 꼭대기에서 내가 살 집을 직접 지어야 하는 새처럼. 하지만 하루에 구할 수 있는 문장文章은 많지 않았다. 어린 오리의 모습을 대략 그리고 나서, 시간의 지혜를 한 올씩 이야기로 엮어 갔다. 시간의 사용법을 배우고 있었기에 바쁜 일상 중에도 나의 영혼은 쉼이 있었다. 날아오르고 있는 포포 이스트 뒤에 동그란 태양을 그리며 마지막 장을 갈무리했다.

태양과 새가 결합된 '태양의 새'라는 존재에 대해 깨닫게 된 것은 최근이었다. 이미 알고 있던 서양 새 피닉스가 아니었다. 우리 조상들이 '삼족오'의 형상으로 새겼던 '태양의 새'의 장구한 역사를 알게 되면서, 그 흔적을 찾아 중국 땅의 신석기 시대까지 거슬러 올라가야 했다. 신성한 의미를 가진 3이란 숫자의 삼족오는 신의 새였다. 고구려 고분벽화 자료에서 삼족오의 새 토템을 볼 수 있었다. 또, 박혁거세와 김수로왕의 난생신화를 통해 일월신화와 결합한 삼국시대의 새숭배사상을 살필 수 있었다. 고려시대 이후 현재까지 변천하여 전승되고 있는 태양의 새는 역사적으로 동이계인 한반도에서 특징적으로 나타나고 있다고 한다.

솟대에서 놀랍게도 오리를 발견할 수 있었다. 민간신앙으로 오리조각상을 장대 위에 올려 풍요의 수호신으로 모시고 있었다. 우리 조상들이 새의 형상을 통해 강조하고자 했던 것은 바로 하늘의 존재였다. 태양새는 하늘의 신성한 전령사였다.

태양의 새의 또 다른 이름 '현조'에서 '검을 현玄'이 의미하는 속뜻을 꺼내 봤다. 검은색은 물의 상징이다. 물은 곧 지혜를 의미한다. '현조玄鳥'를 '지혜를 가진 물의 새'로도 풀이해 볼 수 있다. 이는 거대한 홍수에서도 살아남을 수 있는 불사의 새로 알려진 오리와 가장 가까워 보인다. 오리는 우리에게 친숙하지만 오묘한 새의 느낌도 갖고 있다. 비록 비천한 곳에 거처할지라도, 새로이 뜬 태양 앞에서 기꺼이 날개를 펼치고 날아오르는 오리. 한 곳에 머물지 않고 떠날 수 있는 새야말로 진실을 말할 수 있다.

이제 내가 아는 가장 현명한 오리를 소개하고자 한다. 그는 스스로 고독의 문을 열고 나왔고, 시간의 비밀을 알아냈다. 그에겐 모두가 친구였다. '황금부리'라 불리는 이 새는 볼에 미소를 머금고 하루하루를 살았다.

이 시대의 태양의 새는 현조賢鳥로 거듭나길 기대한다. 그 태양의 새는 뛰어난 지혜를 가지고도 태양의 빛을 닮아 따뜻한 마음씨를 품은 새이길 바란다.

그는 신화 속에서 깨어나 이제 날아오르려 한다.

참고
문헌

『새, 우리들의 선생님』, 존 스토트
『한韓민족과 해 속의 삼족오』, 김주미
『삼족오』, 허흥식·이형구·손환일·김주미

1
황금호수

어느 해 봄, 개쉬땅나무 꽃이 하얗게 피던 날, 다람쥐 가족 열 명이 '황금호수'로 이사를 왔다. 그들은 유랑서커스단으로 새로운 마을에서 적어도 일 년간은 정착할 목적이었다.

아빠 다람쥐는 어린 다람쥐들에게 작은 가지들을 줍게 시킨 후 능숙하게 톱질을 해 댔다. 뚝딱뚝딱 며칠간의 작업 끝에 마침내 밤나무 꼭대기에 집이 완성되었다. 어린 다람쥐들은 떨리는 마음으로 창밖의 풍경을 내다보았다.

한낮 호숫가의 강아지풀들이 서로의 연한 솜털을 간지럽히며 장난치고 있었다. 젊은 민들레 홀씨 하나는 인생의 한몫을 잡기 위해 바람 위로 두둥실 뛰어오르기도 했다.

'황금호수'란 이름에 걸맞게 때마침 물 위에는 백조 여럿이 쉬고 있었다. 하나같이 날렵한 날갯짓에 우아한 자태를 뽐내는 백조들의 단단한 몸은 투명한 다이아몬드 원석 같았다. 그들이 한 번 날갯짓을 할 때마다 빛은 유리 파우더 가루처럼 푸른 물 위로 조금씩 부서져 내렸다. 그러자 곧, 눈을 고요히 감은 소녀의 얼굴을 한 물결이 수면 위로 올라오더니 하늘을 향해 목을 젖혔다.

　호수 물이 고혹적인 화장으로 변신을 하는 동안에도 그 위를 한가롭게 거니는 희고 곧은 목선들은 자신들이 우아함의 대명사임을 잊지 않고 증명하고 있었다.

　한편, 다람쥐 가족들이 이사 온 밤나무 뿌리층에는 두더지 아저씨가 홀로 살고 있었다. 그는 호수 근방에서 제일 커다란 지하서재를 가지고 있었고, '그가 모르는 지식이란 절대 없음'이라고 이미 모든 호숫가 동물들에게 정평이 나 있었다.

　오늘도 그는 고구마색의 콧잔등과 굵은 이마 주름을 한 학자풍의 얼굴로 책상 앞에 앉아 두꺼운 책을 읽고 있었다. 잠시 후 그는 안경을 벗고 기지개를 폈다. 대나무 잎사귀로 말아 만든 담배를 한 대 피우기 위해서였다. 그는 대문 앞, 매끈한

뿌리 부분에 걸터앉으면서 이렇게 중얼거렸다.

'오, 오늘따라 백조들이 꼭 하늘로부터 금방 떨어진 눈송이 같군.'

그때 마침 물 위의 흰 날개들이 과감히 제자리를 박차기 시작했다. 수정 같이 투명한 흰 물거품들을 일으키더니, 물을 등지며 수 마리의 백조들이 일제히 날아올랐다.

언뜻 보면, 방향을 무시한 듯한 거친 날갯짓에는 자유스러움이 배어 있었다. 뒤따라 힘차게 오르고 있는 다른 백조들의 자태 역시 절벽 위의 독수리가 뿜어내는 당당함보다 못하지 않았다. 그들은 사선을 그리다가 원으로 바꾸는 등 그야말로 자유자재의 고난도 날갯짓을 선보이고 있었다.

이러한 백조들의 아름다운 비행 모습은 다람쥐 가족에게는 태어나서 처음 보는 진풍경이었다.

그중 몸집이 제일 작은 다람쥐가 재빠른 몸동작으로 나무 아래로 내려왔다. 서커스 가족의 막내둥이였다. 막내 다람쥐는 몹시 흥분한 목소리로 두더지 아저씨에게 말했다.

"아저씨, 호수 위의 흰 새를 보았어요. 이렇게 날았다구요!"

"허허. 백조의 날개를 본 게로군. 사실 백조가 저렇게 새 노

룻을 할 수 있게 된 건 그리 오래된 일은 아니란다."

그 말을 믿을 수 없다는 듯이 막내 다람쥐는 눈을 동그랗게 뜨고 물었다.

"말도 안 돼요. 날지도 못했다니요?"

"예전에 이 나라 새들은 모두 땅 위로 걸어 다녀야 했어. 호수를 건널 때에는 목숨을 걸고 헤엄을 쳐야 했고 말이지. 뿐만 아니라 저런 날개춤은 꿈도 못 꾸었단다."

막내 다람쥐는 꿀꺽하고 목젖을 떨어 댔다. 놀란 그의 표정을 조심스레 살핀 두더지 아저씨는 다시 말을 이었다.

"사실 백조들 사이에서 그동안 비밀스럽게 전해 내려오고 있는 이야기가 있단다. 오랜 세월 동안 이 나라 전체에 걸려 있었던 질기고도 망측한 마법에 관한 것이지. 그런데 어느 날, 한 이방인이 나타난 게야."

힌트를 얻은 막내 다람쥐는 총기 있게 재빨리 그의 말을 가로챘다.

"당연히 모든 새들을 구하기 위해 오신 큰 어르신쯤 되겠지요? 백발에 수염이 흩날리는, 그분의 성품은 위대하시고 도……."

들떠 이야기하고 있는 막내 다람쥐에게 두더지 아저씨는 툭 대답했다.

"작은 오리였지."

"네? 오리요? 꽥꽥 하고 울어 대는 그 시끄러운?!"

"오, 역시 자네 정확히 알고 있군. 그럼 그 오리에 대해 더 이상 알고 싶지 않은 겐가? 조약돌 눈 다람쥐 군."

막내 다람쥐는 고개를 도리도리 세차게 흔들었다.

"자, 그럼 이제부터 '황금호수'에 살던 진짜 영웅의 이야기를 들려주마."

서재로 들어간 두더지는 사다리로 올라가 책꽂이의 가장 높은 칸에서 ≪황금부리 이야기≫라는 이름의 책을 꺼냈다.

호기심이 잔뜩 생긴 막내 다람쥐는 나무 위의 다른 형제들을 향해 손짓을 해 댔다. 그렇게 여덟 마리의 다람쥐들은 두더지의 이야기를 듣기 위해 밤나무 지하방에 옹기종기 모여들었다.

2

어린 오리 포포와 두더지 모리

雨와 토슈즈

저벅저벅
오리발 입장.

과연 토슈즈를 신은
이런 발 모양이
세상에 또 있을까?
방에는 발라낸
마른 물고기 뼈
몸부림치며 구르는,

물 먹은 달팽이가

창가에 기대어 있는

조용한 오늘 밤,

내가 몹시 우울해서

비가 쏟아졌던 날이어라.

– 끝 –

그나저나

까만 발톱이 마냥

토슈즈 천을 뚫고 나올 기세다.

게다가 지금은 마지막 한 켤레뿐.

내일 수업도 나 혼자 주목 받겠군.

꽥.푸후후흐그

– 오늘의 일기 진짜 끝 –

"까르르!"

"읽지 마. 모리!"

포포는 땅을 뚫고 자신의 방으로 몰래 들어온 두더지 모리

에게 소리를 꽥 질렀다.

잠깐 잠이 든 사이 포포의 비밀 일기장을 지하방 모리가 킥킥대며 읽고 있었던 것이다.

모리는 늘 말없이 들어왔다 가 버리곤 해서 이제는 포포와 특별한 인사말조차 하지 않는 사이였지만 어느새 포포의 크고 작은 고민들을 다 알고 있었다. 포포가 침대 밑이나 아무도 모를 구석진 곳에 일기장을 감추어 놓아도 모리는 매번 찾아내 읽는 것이 분명했다. 종종 포포가 싫어하는 짓궂은 장난을 치긴 했지만 잊을 만하면 찾아와 주는 어린 오리의 유일한 친구였다.

일기장에서 고백한, 토슈즈에 관한 포포의 고민은 사실 오래전부터 간직하고 있었던 것이었다. 왜냐하면 포포에게 토슈즈는 계속적으로, 또 의무적으로 사야 하는 신발이었기 때문이다. 사실 그동안 호수에는 포포가 태어나기 아주 오래전부터 고수해 오던 전통의 모습이 있었다. 이 호수에 사는 백조라면 예외 없이 발레는 의무 사항이었고, 발레 수업은 매일같이 해가 뜰 때부터 깜깜해질 때까지 이어졌다. 심지어 눈이 무진장 많이 내린 날에도 눈구덩이 속에서 수업을 진행할 정도였다. 해와 달이 지고, 혹 지진이 난다 해도 단단한 교실 벽은 늘 건재할 듯했고 발레 수업은 영원히 이어질 것만 같았다. 호수에는 아기 백조들을 위한 기념행사까지 있었는데, 부모들은 아기 백조가 태어나면 최고로 값비싼 유아용 토슈즈를 선물했다. 그리고 아기 백조가 커서 그 토슈즈를 신고 아장아장 걸을 때면 발레 의상 전체를 선물하는 것이었다. 푸르고 드넓은 그곳, 황금호수에서 하얀 토슈즈 하나 없이 자라는 백조는 한 마리도 없었다.

그런데 지금으로부터 몇 해 전, 호숫가로부터 한참 떨어진 곳에 마당에 잡초가 우거진 외딴집 한 채가 존재했다. 오래된 우물의 입구에는 바퀴벌레가 방금 목욕을 마치고 나서 온몸을 털어 댔고, 주변은 온통 다른 이의 발길이란 한 번도 닿지 않는 듯 보였다. 하지만 놀랍게도 그곳에는 백조 부부와 한 아기 오리가 살고 있었다. 갯지렁이 낚시꾼-백조 노부부-에 의해 키워지고 있는 아기 오리는 이토록 풍요로운 세상에서 이제껏 한 번도 제대로 된 축복도 선물도 받은 적이 없었다.

어느덧 이 아기 오리가 두 발로 걸을 때가 되자 호수의 규칙에 따라 예외 없이 발레 학교 입학 초대장이 날아왔다. 그날따라 집의 식탁 앞에서는 노부부가 한 차례 실랑이를 벌이고 있었다.

"영감, 사실 저 애가 평범하지는 않잖수?"

"그냥 호수에 다시 내다 버릴까?"

남편의 말에 백조 부인이 벌벌 떨며 말했다.

"허유, 그런다면 눈 깜짝할 사이 늑대가 달려와 물어 갈 거유."

"그렇겠지. 그나저나 학교에 보내면 점심도 공짜로 나온다는데 우리 형편에 보내는 것이 낫지 않소? 에그. 친구들에게 따돌림이나 받지 않으면 좋으련만. 허나 우린들 어쩌겠소."

"맞아요. 저 아이 팔자잖아요."

다음 날 노부부는 자신들의 아이를 백조라고 속여서 발레 학교에 입학시키는 데 성공했다.

물론 백조의 아이가 아닐지도 모른다는 의심을 순간 받기는 하였지만 노부부가 포포에게 앞으로 발레 학교에서는 무슨 일이 있어도 절대 네 혈통이 오리란 사실을 말해선 안 된다고 주의를 주었기 때문에 겨우 넘어갈 수 있었다. 처음으로 무엇을 배운다는 것에 흥미를 느낀 아이는 가능한 한 수업 시간에 빠지지 않고 꼭꼭 등교를 하려 했다. 우여곡절 끝에 드디어 대다수의 백조 발레리나들 사이에서 유일한 부리 하나가 섞여 지내게 되었는데…….

하지만 갯지렁이 낚시꾼 백조 부부는 아이의 학교생활을 신경 쓸 새가 없었다. 그들은 부리에 풀칠하기도 어려운 형편이라 매일같이 호숫가에 나가 하루 종일 일을 하는 것이 다반사였기 때문이다. 토슈즈를 살 수 없었던 아기 오리는 어쩔 수 없이 다른 이들이 내다 버린 것들을 몰래 주워서 신어야만 했다. 그나마 가끔 운이 좋은 날에는 집 근처에 버려진 비교적 상태가 좋은 토슈즈를 발견할 수도 있었지만 연약한 토슈즈 앞코는 늘 수시로 구멍이 났다. 그것이 천이 아니라 종이로 만들어진 것이라 느껴질 정도로 오리의 넓적한 발가락 앞에서는 금세 맥없이 뚫어졌다. 그래도 포포는 매일같이 토슈즈 끈을 어깨에 길게 메고는 학교를 향해 씩씩하게 걸어갔다.

하지만 해가 지날수록 백조들 사이에서 포포의 개성은 두드러지고 있었다.

"어머, 쟤 엉덩이 씰룩이는 것 좀 봐!"

"누가 수업 시간에 꽥꽥 하고 기침을 하지?"

그는 이제 발레 수업 시간에 주목받고 싶지 않아도 그럴 수가 없는 영락없는 넓적부리 오리의 모양새로 커 가고 있었다.

그런데 최근 이 오리에게 아침마다 날개털이 열 개 정도 빠질 만큼의 고민이 생겼다. 발레계의 대부라 불리는 바바 선생의 수업 덕분(?)이었다. 그는 토슈즈가 다 떨어질 때까지 연습을 시키는 것으로 악명이 높았다. 앞머리는 살짝 벗겨지고 굽은 부리를 가진 바바 선생은 무엇이든 제 고집대로 해야 직성이 풀리는 백조였다. 누군가의 말로는 언제인가 그가 홧김에 자신의 뾰족부리로 어린 백조의 어깨를 찍어 교실 창밖으로 내던진 적도 있다고 했다. 포포는 그를 볼 때면 언제나 멀찌 감치 돌아서 가곤 했다.

한번은 바바 선생이 맨발의 포포에게 이름을 물은 적이 있었다. 뾰족한 부리 끝을 쓰다듬고 나서 키 작은 오리를 한참이나 내려다보며 말이다.

"자네 이름이 뭔가."

"……"

"말을 못 하는 건가?"

"어. 포, 포포 이스트요."

포포는 기어 들어가는 목소리로 말했다.

"뭐? 푸푸 뭣이기? 푸, 푸푸 하하하."

"……."

잠시 목을 한껏 젖히고 웃던 바바 선생은, 갑자기 웃음을 뚝 그치고 싸늘한 표정으로 과거의 기억을 더듬기 시작했다.

"그래. 몇 년 전 입학식 날이었어. 푸푸 나무인지 뭔지 그 열매를 꼭 따먹겠다고 꼭대기까지 기어 올라간 신입생이 있었지. 아래로 내려오지도 못하고 그 나뭇가지에 대롱대롱 매달려 있다가 운동장 위로 떨어지고 말았어. 그 모자란 녀석 때문에 입학식 전체가 쑥대밭이 되어 버렸지. 맞아. 기억나. 수많은 선생들의 간을 떨어뜨릴 뻔했으니까."

바바 선생은 그날의 상황을 정확히 기억하고 있었다. 포포가 간신히 들릴 만한 목소리로 대답했다.

"떨어진 것은 기억이 나요."

"자네가 맞았군. 흥! 네까짓 게 감히 거기가 어디라고 올라가!"

포포는 바바 선생의 말에 기분이 나빴지만 관대히 넘어가기로 했다. 그가 더 이상 성에 대해서는 묻지 않았기 때문이다.

사실 포포가 말하길 부끄러워하는 '이스트'라는 성은 책에서 따온 것이었다.

다음은 포포의 양부모님이 들려준 그의 이름에 관한 짧은 이야기이다. 아니, 출생의 비밀에 관한…….

어느 해, 유독 지루한 여름 홍수가 끝날 때쯤이었다. 바윗돌만큼 넓적하고 무겁게 찌그러진 무언가가 폭포수 위로부터 뚝 하고 떨어졌다고 한다. 그것은 기슭에 이르러 근처 바위에 부딪히자마자 쩍 하고 벌어졌다. 그러자 그 사이로 무언가가 꿈틀대며 일어났는데…….

마침 산책을 나온 백조 노부부가 이 모습을 보고 말했다.

"세상에나, 저게 책은 아니겠지요?"

"아니, 이 여편네야. 저렇게 큰 책이 어디 있소?"

"마을 모든 지식이 들었다는 ≪백과사전≫이라는 책이 존재한다고 우리 할아버지의 고모님께서 언젠가 말씀하셨는 걸요."

"잠깐, 저 안에 뭐가 있어!"

"어머, 아기잖아요? 세상에 정말 볼품없는 부리로군. 게다가 누리끼리한 똥색이야."

"당신은 꼭 진짜 냄새라도 나는 것처럼 말하는구려."

"아무리 애를 못 낳는 여자라 해도 저런 백조는 키우기 싫을 걸요."

"잘 좀 봐! 저건 백조가 아니라 오리 새끼야. 하지만 과거 오리족들은 폭포 속 무지개를 건너다 모두 사라져 버렸다고!"

홀로 있는 그 아기는 전혀 울지도 않았고, 다만 작은 넓적 부리로 단단한 책 표지의 모서리만을 침으로 녹이며 쪼옥쪼옥 빨고 있었다. 곧 노부부는 아기 오리로부터 그것을 낚아채기로 마음먹었다. 오직 그 책의 내용이 무엇인지를 확인하기 위해서.

살금살금 다가가 그들이 커다란 책으로부터 오리의 목덜미를 뒤로 잡아당긴 순간이었다.

"꽤꽤꽥 끼 아아!"

"으아악! 내 귀청!"

혀를 날름거리던 작은 넓적부리는 순식간에 괴성의 울음을 터트렸다. 그 소리의 크기는 마치 포효하는 맹수와 다름없었다. 노부부는 그 소리에 바위 위에 잠시 쓰러져 정신을 잃고 말았다. 결국 그들이 놓쳐 버린 커다란 책은 호수 아래로 멀리 떠내려갔고, 기절했다 일어난 노부부의 품에는 한 마리의 아기 오리만이 덩그러니 놓여 있었다고……

그 후 노부부는 식사 시간을 알리는 종소리조차 가끔 알아들을 수 없을 정도로 귀가 먹어 버렸고, 다시는 책에는 눈길조차 보내지 않았다고 한다.

어찌 되었든 폭포 위로부터 커다란 책 한 권을 타고 뚝 떨어진 아기를 처음 발견한 노부부가 겨우 그의 궁둥이를 들고 본 책 제목은 'East of 0000'라고 하였다(사실 0000은 그가 싼 오줌에 흠뻑 젖어 뭉개져 있었다).

그렇게 포포의 이름은 나무 열매의 포포, 성은 책 제목에서

딴 이스트가 되었다. 그래서인지 다른 이의 이름을 묻는 것, 대답하는 것 둘 다 그는 좋아하지 않았다.

그리고 포포는 유독 홀로 있을 때가 많았다.

점심시간에는 숨도 쉬지 않고 밥을 꾸역꾸역 먹어 댔고 수업이 끝나자마자 호숫가의 갈대며 고추잠자리와 대화한다며 달려 나갔다.

어른들은 모두들 그의 괴벽을 두고 남다른 외모 때문일 것이라 말했지만 포포에겐 그 이유가 단지 남들보다 짧은 다리나 뒤뚱이는 엉덩이가 부끄러워서가 아니었다. 그게 아니라면 넙데데한 부리였을까. 진심으로 그게 전부는 아니었다. 사실 포포도 그 이유를 자세히는 알지 못했다.

고독이 사정없이 온몸을 휘감아 올 때에는 그저 두 날개를 주머니에 슬쩍 찔러 넣었다. 고개는 푹 수그리고 다리는 일자로 쭉 폈다. 그리고 하염없이 호수 전체를 빙빙 돌며 걸었다.

그 이유는 꼭 그렇게 해야지만 서늘한 외로움이 가슴 깊숙한 곳까지 침범하지 않았기 때문이었다. 혼자이길 원하지 않았지만 혼자일 수밖에 없었던 포포는 두더지 모리에게 가끔씩 자신의 고민이 담긴 편지를 쓰곤 하였다.

to. 늘 말이 없는 모리

요새 꿈속에서 '외로움'이란 녀석이 자꾸 나타나.
저 멀리 건너편에서 계속 나를 쳐다보고 있다고.
그런데 말이야. 마음이 무척이나 힘든데…….
그래도, 난 그게 왠지 싫지는 않단 말이야.
정말 이상하지.
아직 내 마음도 저 녀석을 떠나고 싶지 않은 것 같아.
혹시 네가 그 이유를 알고 있다면 좋을 텐데…….
이 세상에는 오리의 머리만으로는 알 수 없는 일이
좀 많은 것 같아.

p.s. 그리고 모리 네가 좋아하는 과자에 대한 이야기야.
      네 취향에 대해 다시 한 번 생각해 봐야겠어.
      이미 많이 남아 있으니까 다음에는 빈손으로 와도 좋겠어.

모리하고 친구가 되면서 새롭게 알게 된 사실도 있었다.

그가 보여 준 땅 속 지하실 지도를 통해서 '땅 위에서는 보이지 않는 세계'를 보게 되었다는 점이었다. 그곳은 미로와 같이 복잡하게 길이 나 있기 때문에 한 번 길을 잃으면 다시 돌아오는 것은 불가능하고 집 안에서는 절대 연기를 피우면 안 된다는 규칙도 알게 되었다. 물론 연기에 관한 조항은 너구리들의 대표가 매일같이 찾아와 주장하였기에 생겨났다고.

혹시라도 지하실 동물 중 개미처럼 아무리 작은 곤충이라 할지라도 그들을 밟거나 무례하게 굴었다가는 개미 군단의 소굴에 끌려 들어가 용암으로 만든 감옥 벽에 갇혀 영원히 나오지 못할 수도 있다는 사실까지 전부 모리에게 들었다.

안타까운 일은 호숫가 학교 백조들이 예전부터 지하실 동물들을 무시해 오고 있다는 점이었다. 신선한 공기를 맡기 위해 땅을 머리로 뚫고 나올라치면 힘세고 못된 백조들은 장난삼아 발로 꾹꾹 밟아 눌러 버리곤 하였다.

오소리, 너구리를 비롯한 두더지와 같은 지하실 동물들은 백조들을 피해 큰 송이버섯이나 늙은 호박 뒤에 숨어야만 겨우 땅 위를 걸어 다닐 수 있었다.

언젠가 포포는 땅 위를 뚫고 나오기 힘들어 하는 두더지에게 그 위의 돌을 치워 주고 머리를 끌어올려 준 적이 있었다. 그 두더지는 바로 모리였다. 그 일로 인해 알게 된 둘은 같이 또 자주 시간을 보내게 되었다.

또 두더지 모리가 지하실 동물 중 유일하게 글을 읽을 수 있다는 사실을 알게 되자 포포는 놀라기도 했지만 무척 기뻤다. 편지를 나눌 상대가 생긴 것이다. 그 후로 포포가 생각나는 대로 길게 글을 써서 건네면 모리는 작은 눈을 이리저리 굴리며 열심히 읽곤 하였다. 이토록 커다란 호수에서 어린 오리의 친구는 오직 글 읽는 두더지뿐이었다. 하지만 포포는 모리가 자신의 편지를 제대로 이해했다거나 그래서 답장을 써 주는 것까지는 기대하지 않았다.

모리와 한바탕 소란을 피운 어린 오리에겐 또다시 걱정의 그림자가 슬며시 고개를 들었다.

내일 있을 수영 수업 때문이었다. 명색이 오리였지만 물장구를 제대로 쳐 줘야 할 다리가 다른 백조들보다 한 뼘 반이나 짧았기 때문에 꼴찌는 늘 포포의 차지였다. 게다가 예전에 한번 물속에서 콧구멍까지 전부 잠긴 이후, 포포는 자신의 두 다리를 더더욱 믿지 못하게 되었다. 황금호수는 깨끗하고 아름다운 곳이었지만 힘없는 다리를 가진 어린 오리가 쉴 공간은 잘 보이지 않았다.

포포에게 깊은 물에 빠진다는 것은 그냥 죽는 것보다 무서웠다. 밀려오는 공상보다 차라리 꿈을 꾸는 편이 낫겠다고 여긴 포포는 오늘도 모리에게 편지를 쓰고 나서 자신이 '엄마 품'이라 부르는 어항 침대로 풍덩 하고 뛰어들었다.

3

눈총 받는 오리, 호수에서 살아남기

어느 날 창밖에 무언가가 어른거렸다. 흩날리는 눈을 보자 포포는 자신에게 또다시 새로운 겨울이 찾아왔음을 알아챘다. 싸락눈은 점점 함박눈이 되어 사방을 덮고 있었다. 포포는 호수에 살게 된 이후 겨울의 색은 눈이 가진 흰색뿐이라고 생각해 오고 있었다. 하지만 방금 가지에 점점 두텁게 쌓여 가는 눈을 보고 나서 마음이 바뀌었다. 도저히 눈들을 털어 내지 못하는 줄기 굵은 나무가 포포의 눈에 띄었기 때문이다. 나무는 눈들의 계속되는 간지럽힘과 눈 가리기에도 마냥 웃음만 참은 채 꼼짝을 못하고 있었다. 포포는 참을성 많은 그 나무의 모습이 왠지 마음에 들었다. 문득 올겨울에는 '누르칙칙한 밤나무

껍질'로 만들어진 긴 목도리를 두르고 싶어졌다.

겨울의 첫 손님은 발랄한 눈이었지만 그들을 세상에서 제일 처음 맞이하는 묵묵한 주인은 땅 위의 나무였다. 조용히 내리던 눈이 싸락눈으로 변하며 변덕을 부리려 하자 나무는 말 없이 그 변덕쟁이 손님을 살포시 품에 안았다.

어느덧 황금호수에도 모진 칼바람이 기승을 부리고 있었다. 또다시 자신이 되돌아왔다는 듯 그는 입을 모아 '휘휘' 하는 거친 소리를 불어댔다. 하지만 마음의 문을 걸어 잠근 호수는 단단해진 얼음 어금니를 꽉 물고 얼어붙어 갔다.

포포는 드러누운 유리 거울을 발견한 것처럼 신기해하며 그 위를 사뿐사뿐 걸어갔다. 하지만 걸으면서도 얼음은 쉽게 깨지지 않는다는 상상을 해야 했고, 심호흡을 하면서 보폭을 최대한 줄여 걸어야만 했다. 그러는 동안 저 멀리 갈대밭 사이로 두더지 모리의 머리가 보였다. 그는 봄 햇살과 같은 환한 미소로 포포를 향해 반가운 손인사를 하고 있었다.

아마도 어제 지하방 통로에 꽂아 놓은 편지를 읽은 것이 틀림없었다. 얼음 위의 포포는 겸연쩍게 앞날개를 흔들어 보이는 것으로 인사를 대신했다.

얼어붙은 호수 위는 광장과 다름없었기에 겨울에는 많은 동물들이 제법 모일 수 있었다. 언제부터였을까. 시끄럽지만 붐비고 있는 군중들을 보고 있노라면 어린 포포의 마음은 새삼 두근거렸다.

"제가 말한 그 아이예요. 부리에서 꽥꽥 소리가 나는."

누군가 포포를 보고 말했다.

포포는 소리가 난 방향으로 고개를 돌려 얼굴이 익은 반 친구에게 눈인사를 했다. 하지만 그의 부모는 포포를 힐끗 바라보더니 어린 백조의 부리를 자신을 향해 세차게 돌려댔다.

그런데 오늘따라 유독 뼈대가 가느다란 한 마리의 백조가 호수 한가운데서 발레 실력을 한껏 뽐내고 있었다. 얼음이 언 호수 위를 가볍게 퉁 하고 뛰어오르며 빙빙 도는 몸짓이 꽤나 수준급이었다. 방금 전 동작은 도약하는 동안 몸이 공중에 머물러 있게 보이도록 하는 발레 기술 중 하나였다. 백조 소녀의 두 다리는 아주 힘이 있었으며 어떠한 어려운 동작에도 막힘이 없었다. 어느새 포포를 비롯해 모두가 얼음 무대 위 소녀 발레리나의 관중들이 되어 있었다. 소녀의 몸짓에 넋이 빠진 관중들은 발레가 멈춘 뒤에도 한참 동안 멍하니 굳어 있었다.

"브라보! 발레리나!"

'짜자작 짜자작' 백조들의 날개 부딪히는 소리가 사방으로 울려 퍼졌다. 모두 백조 소녀에게 흠뻑 빠진 듯 보였다.

"봤니? 저 아이, 바바의 딸이야. 몸이 아주 가벼워 보이지? 너도 저 정도 경지까지 올라야 해. 그러기 위해서는 저 애처럼 날개뼈 한 개 정도 뽑아내는 것쯤은 감수해야지."

몸이 무거워 겨우 숨을 몰아쉬는 살찐 백조 아주머니가 자신의 아이에게 말했다. 그녀는 이렇게 아이들을 가르치고 있었다.

이번에는 비쩍 마른 백조 아저씨가 뒤돌아서며 자신의 아들에게 충고하는 소리가 들려왔다.

"아무튼 바바 선생의 부리는 이 호수에서 가장 특출한 존재니까. 꼭 예리한 병기와 같거든. 자, 우리도 그의 부리처럼 만들려면 매일같이 바윗돌에다 뾰족하게 갈고 닦아야 해."

어린 백조들은 매일 연습했지만 이렇게 늘 어른들의 과도한 주의를 받아야 했다. 포포는 오늘도 가만히 서서 그들을 이상한 듯 바라보고 있었다.

그는 언젠가 아기 백조들이 날개가 접혀 그들의 부모에 의해 호수 위로 내동댕이쳐지는 장면도 기억해 냈다. 단지 발레 동작을 잘 따라하지 못한다는 이유로……

그때, 무엇인가 포포 안에서 억눌려 왔던 생각들이 순식간에 튕겨 오르기 시작했다. 그동안 호숫가에서 살아오며 발레에 얽힌 호기심, 아니 많은 의문점들이 있었기 때문이었다. 발끝으로 서야 하는 이 요상한 발레는 도대체 어디서 생겨났는지 모를 일이었다.

바바 선생의 말로는 모든 시간을 발레에만 쏟아부어 결국 무대에서 쓰러지는 새만이 '황금부리'가 될 자격이 있다고 했다. 황금부리는 그래서 늘 바쁘다는 것이었다.

또 발레리나가 하루에 말린 물고기를 한 개 이상 먹는 것은 '발레에 대한 모독 행위'라고 엄포를 놓았다. 발레리나의 실루엣을 유독 강조하는 그의 미학적 교육 방침은 늘 확고했다.

하지만 이유 없이 늘 배가 고팠던 포포는 그 방침을 지키기가 힘들었다. 그래서 종종 깊은 밤에 일어나 야참으로 한 개 더 먹어 두어야만 겨우 잠을 청할 수 있었다.

그날도 방 안에서 무거운 엉덩이를 씰룩이며 뒤뚱뒤뚱 걷는 포포의 뒷모습을 보며 지하방 모리는 몰래 키득거렸다.

4

공포의 토슈즈와 앵무새 시계

학교에 가는 길, 역시나 포포는 '생의 의미'에 대한 주제로 혼자만의 고뇌에 빠져 걷고 있었다. 그러다 이번에도 교문 앞 흥건한 진흙 웅덩이에 빠지고 말았다. 벌써 몇 번째였던가. 자신의 마지막 하나뿐인 흰 토슈즈를 또 망쳐 버린 참이었다.

오늘따라 바바 선생은 어린 백조들에게 쩌렁쩌렁한 목소리로 훈계를 하고 있었다.

"여러분, 자나 깨나 토슈즈예요. 만약 사나운 짐승들이 들이닥친다 해도 언제나 모여 있는 우린 발레 동작만으로도 그들을 바로 제압시킬 수 있으니까요."

토슈즈가 엉망이 된 포포는 바바 선생의 수업에 들어가기를 망설였지만 결국 맨발로 교실에 들어섰다. 아니나 다를까 바바 선생은 그를 보자마자 소리를 질러 댔다.

"어서 들어가! 푸푸. 뭐냐. 또 그 거지꼴은!"

"네. 그런데 푸푸가 아니라 전 포포⋯⋯."

포포는 기어들어 가는 목소리로 말했다.

"토슈즈는 또 없구먼."

"⋯⋯."

교실 안의 다른 백조 목소리도 들려왔다.

"바닥의 진흙 발자국하며."

어린 오리의 발등을 노려본 후 바바 선생은 다시 말을 이었다.

"다시 강조하건대, 토슈즈 없이 내 수업에 들어올 수 있는 날은 이 호수에 사는 한 오지 않을 거예요."

그러자 발레 반장이 앞날개를 번쩍 들며 물었다.

"그러니까 미래에도 발레는 절대로 없어지지 않는단 말씀이시죠?"

바바 선생이 포포에게 점점 다가가며 대답했다.

"토슈즈를 신지 않는 날이라⋯⋯. 음, 혹시라도 이 때에 절은

솜뭉치가 하늘을 날 수 있는 날이 온다면 또 모를까. 웁푸하하하."

"아하하하."

교실은 온통 백조들의 웃음소리로 소란스러워지고 있었다.

언제부터인가 포포는 발레 수업 시간마다 공포스러운 환상을 경험하곤 했다. 졸린 그의 눈앞에는 어느새 큰 토슈즈 한 짝이 다가와 있었다. 그리고 리본으로 포포의 넓적부리를 꽁꽁묶어 버린 후에 대롱대롱 매달리는 것이었다. 큰 토슈즈는 여기에서 그치지 않고 포포의 심장을 향해 쿵쿵 다가오며 그를 압박해 왔다. 마치 오리의 심장쯤은 단숨에 뚫어 버리고 말겠다는 기세로.

그래서일까. 포포는 교실에 들어가서도 그 누구에게 어떤 말도 건네지 않았다. 부리를 쭉 내밀고는 금방 자신만의 생각속으로 빠져들기 일쑤였다.

"거기, 허공이나 보고 있는 얼빠진 녀석! 또 너로구나! 다리 동작 제대로 안 할 거야?"

'다리 찢기', 그것은 언제나 포포를 주눅 들게 만들었다. 게다가 공포의 토슈즈보다 더 당혹스러운 사실은 좀처럼 벌어지지 않는 가랑이 부위에 대해 그 누구도 속 시원히 말해 주는 이가 없다는 것이었다. 그를 늘 애처롭게 바라보았던 부모님조차도 말이다.

어린 오리가 아무리 발레에 대해 고심한다 해도 해결하기 어려운 부분은 있는 법이다. 바바 선생은 오늘도 어김없이 그를 지적했다.

잠시 후, 이번엔 포포가 용기를 내어 날개를 번쩍 들었다.

"바바 선생님?"

"철학자이신 네가 발레에 대해 궁금한 게 있다니. 이것 참. 해가 서쪽에서 뜰 일이구나."

사실 포포는 조금 전 책상에서 잠깐 졸다가 허공에서 날갯짓을 하는 꿈을 꾸고 일어난 참이었다. 그는 입학한 이후 처음으로 바바 선생 앞에서 또박또박 말하고 있었다.

"'허공'이란 공간은 이렇게 넓겠지요⋯⋯?"

"⋯⋯."

하늘을 나는 것은 상상조차 해선 안 된다는 교칙을 어긴 사실을 포포는 깜빡 잊어 버리고 있었다. 그 허공 질문 사건 이후, 바바 선생은 자신을 감히 우롱한 오리의 넓적부리로부터 시선두기를 꺼렸다.

사실 바바 선생은 지난달 포포의 양부모를 불러 높낮이가 없는 귓속말로 속삭인 적이 있었다. '발레를 못하는 새는 빙하가 있는 바다로 보내야 한다'며…….

면담이 있던 날 양어머니는 집으로 돌아온 포포에게 하소연을 했다.

"포포, 이제 학교에서는 발레를 못하는 새에게는 물고기 급식도 끊겠다는구나."

사실 갯지렁이 낚시꾼 부부에게는 그것이 가장 실망스러운 소식이었다. 포포가 그동안 노부부를 위해 급식으로 나온 말린 물고기를 먹지 않고 가져왔을 때, 그 맛과 품질이 꽤나 좋았기 때문이었다.

그러나 포포가 진심으로 염려했던 것은 그것이 아니었다. 그는 진짜로 가랑이가 다칠까 봐 매 순간 조심해 왔다. 더 이상 다리 찢기가 불가능하다는 사실을, 그러니까 오래전부터 직감적으로 알고 있었다.

'뒷다리가 전혀 꿈쩍도 하지 않아. 만약 다리 찢기를 계속한다면 내 가랑이는 진짜로 찢어져 버릴지도 몰라.'

포포는 오늘도 마무리 동작을 하면서 언젠가 했던 생각을 다시 떠올렸다.

"교실 청소는 오늘도 내 말을 귓전으로 듣는 돌연변이 차지야!"

바바 선생이 이렇게 말하고 나가자 백조들도 웃으며 교실을 빠져나갔다. 늘 그랬듯이 포포는 늦은 오후가 되도록 마룻바닥에 떨어져 있는 새틸을 전부 쓸어 내야 했다. 노랑부리를 한 주먹 정도는 더 빼낸 모양으로.

'오늘도 겨우 내 두 다리를 지켰군.' 마음 한편으로는 이렇게 안도하면서 말이다.

그가 쓰레기장에 새틸을 버리기 위해 도착했을 때였다. 포포는 근처에서 무언가를 발견했다. 속은 꽉 차 있고 주둥이는 꽁꽁 묶인 검은색 자루였다.

'내다 버린 토슈즈들인가?'

포포는 호기심이 생겼고 불룩한 자루를 가만히 더듬어 보았다. 하지만 그것은 마치 돌덩어리와 같이 묵직하면서 딱딱했다.

그때 이쪽을 향하는 발걸음 소리가 들려왔다. 포포는 재빨리 쓰레기통 뒤로 숨었다.

"오늘은 시계의 무게가 얼마 안 돼 큰일이야!"

익숙한 목소리가 들려왔다. 근심스러운 표정을 짓고 있는 그는 '발레 반장'이었다.

발레 반장은 자루의 주둥이 쪽을 바짝 잡고는 두리번거리고 있었다. 하지만 포포는 그 말이 도대체 무엇을 의미하는지 전혀 알아챌 수 없었다.

멀어져 가는 발레 반장의 뒷모습을 보며 오늘따라 강한 호기심이 이는 포포였다. 그는 조심스레 발레 반장의 뒤를 따라갔다. 반장은 복도 끝으로 향하고 있었다. 언제부터인가 백조들은 방과 후 꼭 복도 끝으로 모여들었다. 포포는 반장이 잠시 자리를 비운 틈에 그곳을 자세히 들여다보기로 마음먹었다.

복도 한쪽 구석에는 처음 보는 낯선 상자가 놓여 있었고, 앞이 막힌 시커먼 상자의 정면에는 단지 커다란 태엽을 감는 시계 다이얼만이 끼워져 있었다. 상자에 설치된 다이얼 안에는 숫자와 분침과 시침, 초침 바늘이 가득했다. 동그란 다이얼의 중간에는 눈동자 모양이 있었고 동공의 검은 부분에는 태엽을 감을 수 있는 구멍만이 하나 뚫려 있었다.

상자의 아래로는 포포가 매일 올려다보았던 호수의 달보다 더 큰 시계추가 매달린 채 똑딱거렸다. 앵무새의 실눈이 가늘게 깜빡이자 동시에 태엽 속의 눈동자 구멍도 졸린 눈꺼풀처럼 끔뻑끔뻑 열렸다 닫히기를 반복했다. 상자 위로는 아름다운 오색 앵무새가 고상하게 앉아 있었다. 사과 만치 붉고, 늦은 오후의 청색 하늘빛 털로 전체를 휘감고 있는 앵무새의 모습은 무척이나 강렬했다. 그의 길고 가는 눈매는 모두의 시선을 끌기에 충분할 만큼 매력적이었고 매혹적인 앞머리는 마치 금잔화가 고개를 끄덕이고 있는 듯했다. 여기에 그 태연한 동작에는 우아함보다는 어딘가 도도함이 서려 있었다.

'정말 이상한 시계야.'

포포가 중얼거렸다.

이때 앵무새의 매끄러운 부리가 모아지더니 '아아' 하며 발성연습을 하기 시작했다. 이어서 알록진 새의 붉은 부리 속에서는 귀를 꿰뚫는 고음의 멜로디가 조금씩 흘러나왔다. 그 음색은 마치 연기가 스민 듯 탁한 소리였다. 그 속에서는 미묘하게 붉은 요사스러움이 느껴졌다.

그 가사는 다음과 같았다.

♬

토슈즈 신고

하늘로 뛰어 볼까. 폴짝.

엄지발가락을 끝까지 세우는 자여.

올해의 발레 퀸은 전설의 황금부리,

발레 낙제자는

모두의 웃음거리가 되어

황금호수를 떠나가야 한다네.

누가누가 할 수 있나.

높이높이 프레스토!*

높이높이 프레스토!

♬

반복적인 노랫소리가 복도 끝에서부터 울려 퍼졌다. 귀를
자극하는 그 소리는 창문을 넘어 교실 안으로까지 퍼져 들어
갔다. 그러자 갑자기 백조들이 황홀해 하는 표정을 지으며 앵
무새 시계를 들여다보기 위해 너도나도 복도로 몰려들었다.

* 프레스토(presto) : 매우 빠르게

그렇게 복도가 백조들로 붐비는 사이에 포포는 어느덧 시계 앞자리로부터 구석 자리로 밀려나 있었다.

'독특한 노래로군!'

곧 흥미를 잃은 포포는 늘 그랬던 것처럼 주머니에 손을 찔러 넣고 뒤돌아서서 걷기 시작했다. 그의 뒤로는 복도 구석으로부터 시작된 앵무새 노랫소리가 확성기로 틀어 대는 것처럼 점점 더 크고 우렁차지고 있었다. 그 소리에 바닥과 벽까지 울렁거릴 정도였다.

'높이높이'라는 고음의 노래 가사가 절정에 달했을 때였다. 요상한 시계 앞의 백조들이 모두 발끝 서기에서 한쪽 다리를 드는 발레 동작-아라베스크 자세-을 취하고 있었다. 포포는 놀라서 그 모습을 바라봤다. 태엽의 눈동자 구멍은 백조들을 뚫어져라 바라보고 있었다. 포포는 다이얼 속으로 그들 모두의 시선이 정확히 맞춰진 순간 백조들의 취한 눈동자를 분명히 보았다. 백조들의 동공은 순식간에 힘을 잃고 녹색으로 변하기 시작했다! 그들은 계속 발가락을 세우면서 토슈즈 코로서 있으려고 노력했지만 이미 버티기엔 무리였다.

어느 백조 한 마리가 털썩하고 쓰러지자 다리에 힘이 풀린 다른 백조들도 연이어 제자리에 주저앉았다. 교실 앞 복도의 마룻바닥은 여러 차례 물결치듯 세차게 솟아올랐고 삐걱삐걱 요동치며 지나쳐 갔다. 까슬까슬하게 나무 꺾어진 자국이 군데군데 보였다.

이때 바바 선생이 교실 뒷문을 쾅 하고 닫으며 중얼거렸다.

"오늘따라 유독 시끄럽군. 하지만 어쩔 수 없지. 매일같이 백조들이 치르는 '앵무새 눈동자로부터의 일식 시간'은 중요하니까."

앵무새의 노래가 학교 전체를 쩡쩡거리게 할 만큼 울려 댔지만 신기하게도 포포에게는 백조들과 같은 현상이 일어나지 않았다. 집에 돌아온 포포는 모리에게 오늘 보았던 장면들을 모두 이야기해 줬다. 포포에게는 별 영향이 없다니, 모리는 조금 놀란 눈치였다. 그렇게 그날 밤도 지나고 있었다.

마을에서는 깊은 밤이 되어도 목을 빼고 다리를 찢는 어린 백조들의 비명 소리가 여기저기서 들려왔다. 그러면 호수 높이 떠오른 달조차 짐짓 못 본 체를 하며 비스듬히 고개를 돌렸다. 이러한 풍경들이 오직 백조들의 오래전 조상들로부터 이어져 내려온 전통이란 것을 모르는 호수의 동물들은 아무도 없어 보였다.

5
선물이 달리는 숲

학교의 발레리나 중 발레 퀸을 뽑는 날이 모레로 다가왔다. 그날은 발레 퀸과 동시에 올해의 낙제생도 뽑힐 예정이었다. 그날 밤 포포는 바바 선생의 얼굴이 머릿속에 떠올라 도저히 잠을 이룰 수가 없었다. 아무리 생각해 봐도 그의 부리는 오리 부리, 아니 이제껏 보았던 모든 백조를 통틀어 으뜸으로 뾰족했다. 심지어 그 안에는 곡괭이를 든 귀신이 살고 있을 거라고 생각한 적도 몇 번 있었다.

걱정이 된 포포는 지하방 모리를 불러내 목 빼내기 연습을 했다. 하지만 그에게 돌아오는 것은 목이 빠질 것 같은 통증뿐이었다. 결국 다음 날 포포는 어항 침대 '엄마 품'에 하루 종일 누워 있어야만 했다. 그런 포포를 걱정스레 바라보던 모리는 아무 말 없이 포포가 가장 좋아하는 생선 통조림을 따 주고는 지하방으로 돌아갔다.

포포는 오후쯤 집 밖으로 나와 한낮의 뜨거웠던 해를 식히고 있는 호숫가를 천천히 돌기 시작했다. 그날따라 발레에 얽힌 의문점들이 포포가 호수를 빙빙 돌 때마다 계속해서 더 크게 얽혀 갔다.

포포는 짜증이 나는 목소리로 울먹거렸다.

"내가 왜 발끝 서기를 하냐고. 사실 오리의 발레 실력은 별로잖아. 모두 다 엉망이 되어 버릴 테니까."

포포는 모든 면에서 자신감을 잃어 가고 있었다. 지난번 수영 시간에 톡톡히 망신을 당한 이후로 또다시 '발레로부터의 패배'를 선포해야 하는 순간이 온 것이다.

우울하게 호수 주위를 한참 돌았을 때였을까. 작은 나무의 흰 꽃잎 무더기 사이로 언뜻 은빛 물체 하나가 포포의 눈앞에 어른거렸다. 몹시 우울했던 포포는 금세 그것에 주목했다. 꽃잎 무더기에 가까이 다가가자 실크 실패에서 나온 듯한 투명하고 찬란한 가는 실 가닥이 포포의 허리춤쯤에서 잡혔다. 그

은빛 실은 또 어디론가 연결되어 있었는데, 이를 쭉 따라가 보니 개쉬땅나무의 굵은 줄기에 휘감겨 있는 모습이 보였다. 포포는 은 실패가 되어 버린 나무줄기에서 실을 풀어내려 했지만 결국 실은 다시 포포의 몸에 걸쳐졌다.

나무뿌리 주변은 온통 쉬땅의 꽃잎으로 덮여 있었다. 실 풀어내기에 취한 어린 오리가 나무 주위를 일곱 바퀴째 뱅뱅 돌았을 무렵에는 이미 몸통 전체가 은빛 실로 느슨하게 동여매어지고 만 후였다.

'어? 여기는……?'

깊은 숲 속은 포포가 하늘을 보지 못하게 나무들이 무성하게 자라나 있었다. 여기에 처음 보는 넓은 길바닥만이 카펫처럼 환하게 펼쳐져 포포를 안내하려는 듯했다. 어린 오리는 여태껏 한 번도 호숫가를 멀리 벗어난 적이 없었다. 포포는 많은 것이 두려웠지만, 작은 빛이 이끄는 대로 걷기 시작했다. 처음 걸어 보는 깊은 숲 속 길은 이상하게도 춥지 않았고 귓가에는 살랑살랑 봄바람이 스치는 듯했다.

키가 큰 나무 전사들이 일렬로 팔짱을 끼고 서 있는 듯 웅장한 숲이었기에, 작은 포포가 아무리 길의 끝을 찾아보려 해도 잘 보이지 않았다. 숲 속 길이 점점 더 어두워질수록 어린 오리의 눈도 차츰 감기기 시작했다.

선물이 달리는 숲

포포가 커다란 푯말을 발견했을 때였다.

하늘에서는 새록새록 빗물이 떨어지고 있었다. 이때 어디에선가 빈 수레가 세차게 흔들리는 소리가 들려왔다.

철커덕 철커덕.

그리고 '샤샤삭' 하고 잎들끼리 부딪히는 소리도 났다. 여기에 정체를 알 수 없는 목소리까지 들려왔다.

"바쁘다 바빠."

포포는 소리가 나는 곳을 유심히 바라보았다.

수십 마리의 도마뱀들이 저마다 수레를 끌고 내달리고 있었다. 공중에 뜬 채로.

아니, 뜬 것이 아니었다. 그들은 매우 빨랐기에 땅에 닿지 않을 정도의 속도였을 뿐이었다. 하늘을 향해 세워져 있던 잔가지들이 수평으로 눕자 동그란 나무 바퀴들이 그 위를 서슴

없이 달려 나갔다. 사방으로, 그리고 순식간에 숲 속의 나뭇가지들은 그들이 갈 수 있는 길을 만들어 주고 있었다.

한편, 숲 속의 큰 나뭇가지마다 무엇인가 주렁주렁 매달리고 있었다. 그것은 카카오나무였다. 포포가 올려다본 한 카카오나무의 동그란 열매는 점점 길어지고 있었다. 그러더니 열매는 새카맣고 가느다란 지팡이 모양으로 바뀌었다. 바로 초콜릿 지팡이가 달리는 나무였다.

포포는 팔을 뻗어 금방 달린, 그중에 제일 작은 지팡이를 땄다. 그리고는 지팡이의 구부러진 손잡이만을 살짝 깨문 후, 그것으로 다시 땅을 짚고 기댔다.

'달콤해.'

포포는 순간 긴장이 조금 풀리는 듯했다.

그런데 아래를 내려다보니 포포의 무릎 아래 장딴지 부위가 조금 길어져 있었다.

'한 뼘이나 길어졌잖아.'

이때 갑자기 포포 옆 소나무에 달린 솔방울이 흰 방울 장식으로 바뀌며 짤랑짤랑 소리를 내기 시작했다. 포포는 얼른 수풀 뒤로 숨었다. 솔방울들이 한 번씩 흔들릴 때마다 캐모마일

향이 났다. 그리고 나뭇가지에서 잎들을 모두 위로 모아 동그랗게 솟은 모양을 만드는 나무도 있었다. 향나무들이었다. 실뭉치 같은 잎사귀들과 연약한 가지들은 점점 동그래지더니 하늘을 향해 봉긋 솟아올랐다.

줄기에 옹기종기 매달린 그것들은 튕겨져 오르는가 싶더니 곧 뿌리 쪽을 향해 아래로 살짝 주저앉고 말았다.

조금 시간이 지나자 그들은 모두 챙이 달린 중절모를 쓰고 있었다. 두터운 눈두덩과 주먹코의 이목구비가 뚜렷이 드러난 향나무들의 모습이었다. 곧 그 둘의 대화가 들려왔다.

"내 모자 어떤가?"

"어떻긴. 그걸 쓰니 좀 나이가 들어 보이긴 해. 전체적으로."

"어험, 그래? 자네가 한껏 꾸민 그 능금 열매 모자도 어째 장식이 좀 시들어 보이는데? 그래서 말인데 내일은 노루귀꽃과 어린 솔방울을 찾아가 얼마간 내 모자 위에서 지내 줄 수 있냐고 물어볼 참이라네."

"이제 솔방울 장식은 숲에서는 너무 구식 스타일이야. 이번 크리스마스에도 또 케케묵은 그것을 꺼내 쓰지 그래? 차라리 나처럼 꼬리가 긴 종달새 보고 붉은 노을이 지는 내내 노래를 불러 달래지."

"흥, 철없는 자네가 내 중후함을 이해하기는 힘들겠지."

"솔직하게 지적을 해준 건 우리가 오랜 친구였기 때문인 걸 알런가 모르겠구먼."

향나무들의 다투는 목소리를 듣고 있던 숲 속의 포포는 숨어서 키득거렸다.

"잠깐, 무슨 소리가 나지 않았어?"

포포는 깜짝 놀라 입을 꽉 다물고 좌우를 둘러보며 조용히 자리를 옮겼다.

그때 오리의 발 아래로 '딸락' 소리와 함께 무언가가 단단히 걸렸다. 여러 송이의 접시꽃들이었다.

그들은 자신의 꽃잎을 펼쳐 최대한 넓히려고 했다. 그러자 작은 봉오리마다 활짝 피어난 꽃들이 점점 넓적한 접시 형태를 만들어 냈다. 접시꽃밥들은 고운 가루로 문양을 새긴 후 연기처럼 사라져 버렸다. 최대로 동그라미가 커졌을 때, 꽃받침은 그것들을 바닥에 딸그락 하고 조심히 내려놓았다.

보라색 문양의 접시들이 제법 차곡차곡 쌓였을 때였다.

♬ 뱅글뱅글 딸그락 딸그락 ♬

포포는 가까이 다가가 그것을 만지려고 했다.

'김이 모락모락 나고 있어.'

그런데 하나의 푯말이 발견되었다.

도자기 굽는 중!

매우 뜨거우니 가급적 손대지 마시오.

이윽고 다 구워져 단단해진 접시들이 이번에는 날을 세우
더니 데굴데굴 구르기 시작했다. 꼭 바닥에 길이라도 나 있다
는 듯이.

'저 접시들은 어디로 가고 있을까?'

일렬로 난 그들의 발자국을 따라 어린 오리는 뒤뚱거리며
걷기 시작했다.

그때였다. 어디선가 낙엽 밟는 까치발 소리보다 조금 큰 소
리가 들려왔다. '타닥타닥 파라락' 하는 소리와 함께 느닷없이
가을 잔디빛 메뚜기 떼가 세차게 뛰어올랐다. 너무나 강렬한

속도였기에 포포는 겁을 집어먹었다. 그렇게 주변은 점점 빛이 아닌, 풀빛보다 더한 어두움으로 물들어 가고 있었다. 여기에 커다란 떡갈나무의 나뭇가지까지 천천히 움직여 대자 포포가 조용히 중얼거렸다.

'이젠 오리 한 마리 잡아먹겠다는 건가?'

아예 아무것도 눈앞에 보이는 게 없어졌을 때였다. 그의 발에 탁하고 무언가가 걸렸고, 포포의 몸 전체는 넘어가 버렸다. '꽥' 소리가 숲에 울려 퍼지고, 어느 커다란 나무 아래에서 포포 이스트는 그렇게 그 자리에 그대로 고꾸라지고 말았다.

어린 오리에게 태어나서 처음 경험한 '선물이 달리는 숲' 속은 신비와 놀라움 그리고 공포를 동시에 선사하고 있었던 것이다. 높다란 나무로부터는 커다란 은빛 거미줄이 떨어지고 있었다.

6
목도리도마뱀과 수레바퀴

깨어나 보니 포포의 눈엔 근심 어린 표정의 두더지 얼굴이 보였다.

"모리?"

오리의 발소리를 듣고 땅속으로 뒤따라온 두더지의 머리가 땅을 뚫고 밖에 나오자 포포가 때마침 거기에 걸려 넘어지게 된 것이었다. 은빛 거미줄은 두더지에 의해 걷힌 채 구석에 놓여 있었다.

그런데 숲 속 깊은 곳, 평평한 땅에는 주인이 없는 수레 하나가 놓여 있었다. 황금색 손잡이에는 사각형을 비롯한 기하학 무늬의 조각이 제법 기품 있고 정교하게 새겨져 있었다. 수레 전체는 신비로운 흰색 칠이 되어 있었고 수레 안에는 갖가지 향기로운 엷은 색 꽃과 함께 백조들이 신는 흰색 토슈즈가 가득 담겨 있었다. 수레 위의 보자기를 걷어 낸 포포는 한눈에 유달리 색다른 신발 한 켤레를 찾아내었다.

"이건 토슈즈가 아니잖아?!"

포포는 부츠를 보자마자 그만 마음을 홀딱 빼앗기고 말았다. 어린 오리는 고개를 쭉 뻗고는 그 매력덩어리를 이리저리 살피고 음미하기 시작했다. 매끈하니 기다란 부츠는 납작한 토슈즈보다 훨씬 당당해 보였다. 여기에 오똑하니 뾰족한 부츠의 코는 오리의 낮게 뚫린 콧구멍보다 한층 도도해 보였다. 그 향은 흡사 깊은 산속에서만 나는 잘 익은 복숭아의 달콤한 향내였고, 그 문양이란 하늘 멀리에서 힘차게 몰려오는 해와 달 그리고 별의 놀이터였다.

이때 색이 없던 부츠가 천천히 흑설탕 색 빛을 발하기 시작했다. 포포는 도저히 말을 잇지 못하고 있었다.

그는 자신이 오리라는 사실을 잊어버릴 정도였다. 그렇게 포포는 빛의 물체에 빠져들기 시작했다.

'아! 너무나 아름답잖아……'

우주의 생생한 신호가 총총히 아롱져 있던 부츠는 산 다람쥐의 앞가슴보다 태평하게 깊은 잠을 자고 있었다. 포포가 아주 잠깐 고개를 돌린 사이였다. 그것은 또다시 무색무취의 모습으로 서 있는 게 아닌가. 아주 태연스럽게 포포를 올려다보며, 또 꽤나 당돌한 표정으로 말이다. 포포는 좌우를 한 번 살핀 후 아무도 없는 것을 확인하고 그 주인 없는 부츠에 슬며시 두 발을 집어넣었다. 그리고는 제자리를 뱅뱅 돌았다.

포포는 즐거운 표정이 되어 말했다.

"이거 무척 탐이나. 어쩌지. 모리?"

모리는 이마에 잔뜩 걱정을 안은 표정으로 두 손을 저어댔다.

자신의 마음속을 누가 들여다보고 있지는 않을까, 어린 오리는 또 한 번 눈알을 또르르 굴렸다. 그리고 이번엔 또각또각 발을 모아 앞으로 걸어갔다.

그때였다.

수레바퀴 아래에서 큰 해바라기를 머리로 뚫은 도마뱀 한 마리가 슬며시 나오며 말했다.

"그 부츠의 주인이 곧 올 텐데."

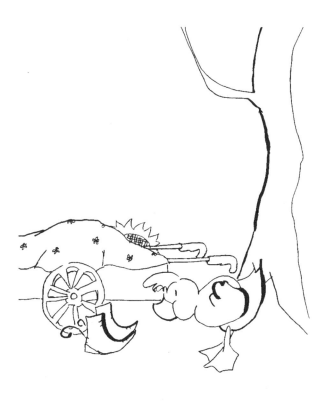

"응? 넌 누구야? 혹시 이게 네 것이니?"

해바라기 꽃잎을 얼굴에 감싼 도마뱀이 정색을 하며 말했다.

"글쎄, 그건 아니고……. 그럼 이제부턴 네 것이야! 그리고 난 사자 도마뱀이라고. 어흥!"

그의 목을 유심히 바라보며 포포가 물었다.

"그런데, 네 목도리는 어디에 두고 그걸 쓰고 있니?"

도마뱀이 대답했다.

"어젯밤에 친구가 춥다길래 벗어 줘 버렸어."

"목도리도마뱀인 네 것 말이니?"

"그렇다니까. 내 몸에 붙어 있는 목도리를 벗어 주고 나면 다시 돋아날 때까지 좀 기다려야 해. 요즘 같은 날씨에는 조금 허전하기도 해서 해바라기를 쓰고 다니고 있지."

포포는 신기해하며 도마뱀에게 물었다.

"네 것을 줄 때 망설이지 않았니?"

"흠, 난 나에게 있는 것은 줄 수 있어. 어차피 없는 것은 절대 줄 수가 없으니까. 그리고 나는 순간의 내 감정에 충실했을 뿐인 걸. 그건 육식을 하게 되면서 생긴 내 장점이지."

도마뱀의 길어지는 이야기에 포포는 그의 혀를 가만히 바라보고 있었다. 포포는 고개를 숙여 부츠를 바라보았다.

"아참, 이 부츠에 대해서 자세히 알려 줄래?"

"알 필요가 있어? 오리 네가 이미 차지했잖아."

포포는 눈을 동그랗게 뜨고 말했다.

"난 이렇게 멋진 부츠가 어디서 떨어졌는지 궁금해."

도마뱀은 답답한 듯 혀를 '껄껄' 차며 말했다.

"흠, 중요한 점은 그 안에 엄청난 힘이 들어 있다는 사실이야."

"아니, 내가 태어나기도 전에, 그러니까 이 부츠도 존재했잖아. 부츠의 고향에 대해서도 난 좀 알아야겠어."

이제 도마뱀의 목소리엔 짜증이 묻어 나왔다.

"부츠의 고향이라니? 그렇게 복잡한 것은 난 몰라. 도대체 넌 뭘 그렇게 알아야겠다는 거야?"

포포도 이에 지지 않았다.

"궁금증을 가지는 게 나쁜 거야?"

"오리와 대화하는 것이 이렇게 어려울 줄은 몰랐군. 난 그저 네가 부츠를 얻게 되어 '물소를 차지한 맹수'처럼 부리를 벌려 포효할 것이라고 예상했었는데……."

도마뱀의 말을 들은 오리의 노랑부리는 불쑥 튀어나왔고 잠시 동안 그 특유의 공상에 잠기기 시작했다. 도마뱀의 목을 감싼 해바라기로부터 노란 꽃잎 두어 장이 땅바닥으로 떨어지고 있었다. 도마뱀은 공상에 빠진 포포는 아랑곳 않고 계속해서 말했다.

"또 그동안 살아있는 들쥐를 즐겨 먹게 되면서 좋아진 점이 있는데, 그건 다른 이의 욕망에 대해 좀 더 관대해졌다는 거야……."

그때 신나게 말을 하던 도마뱀이 멈칫했다. 어떤 진동을 느낀 듯 눈에는 긴장한 기색이 역력했다. 그리고 땅바닥에 바짝 엎드려 말하기를,

"잠깐만. 그 부츠 말이야……. 예전 주인이 오는 소리가 들려오는데. 지금부턴 네가 조심 좀 해야 할 걸!"

"무슨 말이야? 누가 온다고? 주인?"

당황한 포포는 놀라 부츠를 벗으려고 했지만 이미 부츠는 포포의 발에 들어가자마자 꼭 맞게 죄어들고 있었다. 그리고 좀처럼 벗겨지지 않았다.

천둥이 치듯 땅이 쿵쿵 울리며 숲 속의 큰 나무들이 좌우로

맥없이 흔들리기 시작했다.

수레바퀴가 스르르 움직이자 토슈즈가 전부 우수수 바닥에 떨어져 흩어졌다. 그 소리에 놀란 목도리도마뱀도 벌써 저만치 도망치고 있었다. 꾸물꾸물 대는 제법 생기 있는 꼬리 한 토막만을 남겨둔 채.

"어디로 가는 거야? 목도리도마……!"

쿵쿵 소리는 점점 가까이 들려왔다. 이때 포포 머리 위로 무언가 툭하고 떨어졌다. 그것은 새빨간 사과가 달린 굵은 나뭇가지 통째였다. 지진이 난 듯 숲 속의 나무 사이에서는 멍이 든 듯한 검푸른 흙들이 솟구쳐 오르기도 했다.

포포는 덜컥 겁이 나서 슬슬 뒷걸음쳤다.

'부츠의 주인과는 다음 기회에 인사해야겠군.'

그때부터 부츠를 신은 어린 오리는 뒤뚱뒤뚱 타닥타닥 온 힘을 다해 뛰었다.

한 번씩 스멀거리는 도마뱀 꼬리를 이리저리 찔러보던 땅 위의 모리 역시 점점 가까워 오는 발소리에 얼떨결에 꼬리를 손에 들고 포포를 쫓아 숲을 벗어나기 시작했다.

다탁다탁 버걱버걱.

포포는 세상에 태어나 가장 빠른 뜀박질로 천둥 바람이 치는 숲을 벗어나고 있었다. 언뜻 스쳐 가는 산들바람과의 짧은 대면식을 하였을 뿐, 오직 뾰족한 부츠의 코만을 바라보며 달리고 있었다. 이 모든 일들은 전부 순식간에 벌어진 일이었다. 신기하게도 처음 신은 부츠는 오리에게 꼭 맞았고 아무리 뛰어도 벗겨지지 않았다.

한편, 뒤따르던 모리는 저 멀리 포포가 신고 달려가는 부츠의 색이 처음보다 조금 달라진 사실을 발견할 수 있었다.

7
세 개의 분수대와 달팽이 이오

'선물이 달리는 숲'을 황급히 빠져나온 후 포포는 마른 부리를 축일 샘을 찾고 있었다. 여러 나무 중에도 유독 키가 큰 전나무 옆에는 분수대 세 개가 있었다.

그 속에서는 기어들어 가는 듯한 어린아이 목소리가 들려왔다.

"저는 메말라 가고 있어요. 아주 갈증이 나네요."

물이 흐르지 않는 분수대를 포포는 놀라서 쳐다보았다.

안을 아무리 들여다보아도 모서리진 분수대 속에는 아무것도 없었다. 바짝 마른 바닥은 쩍쩍 갈라진 것이 꽤나 오래전부터 그런 상태였던 것 같았다.

빈 분수대에는 '현재'라는 푯말만이 붙어 있을 뿐이었다.

이때 건너편에서 어떤 목소리가 들려왔다.

"이봐. 풋내기야. 시간이 다 되어 간다고."

콸콸 흘러넘치는 분수의 물은 근엄한 노인의 얼굴을 하고 있었고 매우 의기양양해 보였다. 황색의 호박 원석 항아리 구멍을 통과한 물들이 굵게 흘러가더니, 우묵한 곳에 다시 동그랗게 고였다.

웅장하게 서 있는 그 분수대의 이름은 '과거'였다.

포포는 과거의 분수에 다가가서 물었다.

"할아버지께선 힘이 센 분 같아요."

"사실 꽤 많은 숲 속의 동물들이 나 '과거의 분수'에게 와서 매일 절을 하고 가거든."

"왜요?"

"나는 이미 오래전부터 흘러왔기 때문에, 늘 이렇게 충만한 양을 자랑하고 있지. 그들은 언제나 과거의 기억을 떠올리기 위해 여기를 찾지. 이렇게 홀짝 마시기까지 수월하니 말이야."

"정말 많은 동물들이 할아버지에게 의지하겠군요?

포포의 말에 과거의 분수가 말했다.

"그럼, 특히 의지가 약한 이들이 현재의 문제들을 회피하기 위해서 나를 자주 찾아오지. 사실 과거의 기억에 매달려 봤자 별 소용이 없다는 것을 다들 알지만, 둘 곳 없는 마음 때문에 어쩔 수가 없지. 숲 속의 불안한 삶 속에선 그나마 나에게 와 목을 축이는 게 마음이 편하거든."

포포는 이번에는 '쏴아' 하고 세차게 솟아오르는 소리를 들었다.

'미래'라는 이름의 분수대였다.

자수정으로 온통 둘러싸인 분수대에 아가씨의 형상을 한 물의 목소리는 카랑카랑하고도 당돌했다.

"나 역시, 물은 언제나 차고 넘치지. 힘이 센 동물들이 매일 같이 호수로부터 물을 길어다 넣어 주니 말이야. 어떨 때는 정말이지 부담스러울 정도라니까!"

포포는 그녀의 아련한 보랏빛으로 출렁이는 자태에 시선을 떼지 못하고 있었다.

"아가씨는 아주 자신만만하시군요."

싸늘한 물방울들을 튀기며 그녀가 대답했다.

"뭐 어쨌든 나에게 많이 의지하는 게 현실이니까. 굶주림의 두려움이 닥칠 때마다, 계산이 빠른 동물일수록 늘 미래에 관심이 많거든. 나를 찾아올 때마다 자신의 시간이 끝도 없이 연장되는 것처럼 느끼기 때문이지. 꺄르르.”

포포는 왠지 미래라는 이름의 분수대가 못미더웠다.

“…여기예요…!”

처음 보았던 ‘현재의 분수대’의 목소리였다.

하지만 분수의 입은 바짝 마른데다가 목소리 또한 아주 작았다. 물이 ‘똑똑’ 하고 두어 방울도 채 못되어 떨어졌다.

포포가 놀라서 물었다.

“어쩌다가 이렇게!”

“콜록콜록. 아무도 저를 찾지 않아서 그만. 이젠 동물들 그 누구도 와 주지 않는 걸요. 그러니 부디 시간을 내어 여기 분수대에 올라 펌프질을 해 주세요. 그러면 전 살 수 있답니다.”

그는 매 순간 펌프질을 하지 않으면 결코 물이 나오지 않는 분수대였다.

포포는 그곳으로 들어갔고 힘을 내어 한참 동안이나 펌프질을 했다. 잠시 후 현재의 분수에는 작게나마 물이 솟아나기 시작했다.

"고마워요. 오리님. 당신을 축복할게요."

포포는 해맑게 웃는 크리스털 분수대에 입을 댔다. 나머지 두 분수는 현재에 가까이 다가간 포포를 질투하듯 노려보았다. 분수대 셋에 모두 똑같이 물이 '퐁퐁' 솟아오르자 포포는 폴짝폴짝 뛰면서 좋아했다.

현재의 분수대가 조금 기운 차린 목소리로 말했다.

"현재에 대해 조금만 더 관심을 준다면 모두들 조급함과 궁핍함으로부터 벗어나게 될 거예요. 하지만 저의 존재는 점점 무시되고 있어요. 언젠가는 땅속으로 완전히 묻혀 버릴지도 모를 일이죠……."

포포는 애절한 아이의 목소리를 가진 현재의 분수가 조금이나마 정신을 차린 것이 그저 다행일 뿐이었다.

어느덧 분수대 주변은 박꽃 향기로 가득했다. 서늘한 산들바람에 사각사각 대며 박 껍질끼리 부딪히는 소리가 들려왔다. 설익은 조롱박들이 넝쿨진 줄기에 의지해 그네를 탔기 때문이었는데, 근처에 앉아 있는 노랑나비만이 그들을 걱정하고 있었다.

서로 머리를 세게 부딪친 박들은 재미있다는 듯 저희들끼리 히죽히죽 웃기도 했다. 하지만 저 높이 기이하게 비춰 오는 메론색 빛으로는 키 큰 나무 아래 어린 오리가 밤낮을 알기는 어려웠다.

두리번대던 모리가 근처의 박 하나를 땄고 앞 발톱으로 그것을 열심히 켜더니 바가지를 만들어 냈다.

"앙증맞게도 만들었어. 넌 재주꾼이야. 모리."

포포는 매끈해진 작은 바가지를 잡고 현재의 분수에 다가섰다.

눈을 감은 그는 신선한 물을 단숨에 목구멍 안으로 넘겼다. 이어서 두 번째로 물을 받아 마시려고 하는데, 그 안에 무언가가 눈에 띄었다.

작은 달팽이 한 마리가 누워 있는 것이었다. 연약한 갈색 껍질 하나만을 매고 매끈한 살구색 피부를 가진 작은 이는 물속에서 입을 빠끔거리는 중이었다.

바가지 안에서 쉬고 있는 나그네를 보고 포포가 놀란 목소리로 물었다.

"너 내 입에 들어가면 어떡하려고 그러니?"

달팽이는 마치 모든 것을 체념한 듯 눈을 꼭 감은 채 있었다.

오리의 넓적부리를 향해 작은 달팽이가 대답했다.

"선택해. 이제부터 넌 날 삼킬 거니 아님 안 삼킬 거니?"

느닷없는 그의 말에 포포는 눈을 동그랗게 떴다.

어린 오리는 이렇게 대답했다.

"난 처음부터 물을 마시려고 했으니까 달팽이는 먹지 않겠어."

"나도 바가지 속에서 물을 먹는 중이었지. 자, 그렇다면 우린 이제 친구가 될 수 있겠다. 넌 살아 있는 모든 것을 음식으로 보지는 않는 오리니까."

"……"

달팽이는 말을 계속 이었다.

"내 소개를 먼저 해 볼까. 우리 달팽이 클럽에서는 제일 빠르게 오솔길을 완주한 달팽이만이 껍질에 일등이라고 새기고 다녀. 자 보이지?"

어린 오리는 달팽이의 껍질을 뚫어져라 쳐다보았지만 글씨라고는 찾아볼 수 없었다. 황갈색 얼룩 몇 개만이 똑똑 찍혀 있을 뿐.

"아무튼 난 유명한 마라토너이고 나이도 아마 너보다 두 살은 더 많을 걸. '이오'라고 불러 줘."

포포는 위풍당당한 말투로 자기소개를 하는 이오의 말을 계속해서 듣고만 있었다. 어린 오리는 연설적으로 말을 잘하는 그가 자신보다 더 당당해 보였다.

이오는 이번에는 더듬이를 아치형으로 모으면서 말했다.

"자랑은 아니지만 달팽이 중에서 배가 아닌 다리로 서려고 시도한 달팽이는 나뿐이야. 물론 몇 발자국 걷지는 못했지만……. 내 꿈은 꼭 서서 마라톤 완주를 하는 거야."

포포는 그동안 친구를 원해 온 적은 없었지만, 이오가 원했기에 함께 하기로 했다. 이오는 포포의 어깨 위에 오르자마자 어찌된 일인지 딱 붙어 떨어지지 않았고 아무 말도 하지 않았다.

포포는 작은 마라토너와 함께 그렇게 호숫가 집을 향해 걸어갔다. 되돌아오는 숲길은 처음보다 짧게 느껴졌고, 길가의 나무들은 그들이 지나갈 때마다 앞뒤의 가지를 옆으로 모아 길을 내 주었다. 집으로 도착한 포포는 발에 신고 있던 신비부츠가 이상하게도 흙먼지 하나 없이 깨끗한 것을 발견했다.

포포가 어항 침대 '엄마 품'에 들어가 정신없이 곯아떨어지고 난 얼마 후, 서서히 동이 터 오기 시작했다. 포포는 잠에서 깨어나 어항 침대의 물 위에 떨어진 몇 개의 오리털을 집어 냈고, 수업을 듣기 위해 집을 나섰다. 포포의 방 일기장 위에서 자고 있는 이오는 아직도 멀미가 난다는 듯 피곤한 표정을 짓고 있었다.

그런데 홀로 학교로 향하는 포포의 주머니 속에서 끈적거리고 미끄러운 물건이 집혔다.

'이건 도마뱀 꼬리? 혹시 모리가 넣어 둔 것일까?'

어제부터 자신의 일상이 매우 기이하고도 이해하기 힘든 일들로 채워지고 있음이 분명했다.

8

발레 퀸과 낙제생을 뽑는 날

오늘도 학교 앞에는 새 토슈즈를 사려고 어린 백조들이 긴 줄을 서서 기다리고 있었다. 그들 중에는 그새를 참지 못하고 새치기하려는 백조까지 있었다. 포포는 이번 발레 수업엔 맨발이 아니어서 기뻤지만 바바 선생이 그의 부츠를 허락할지는 모를 일이었다.

포포는 그래도 교실에 당당히 들어가기로 결심했다. 그 순간이었다. 부츠의 표면은 아침에 보았던 족제비 꼬리털 색에서 금세 누에의 애벌레들로 득실거렸다. 곧 그것들은 온데간데없이 사라졌고 점차 매끈한 실크로 변해 갔다.

'수업에 들어가려고 하니 변해 버렸어.'

처음 숲 속에서 보았던 도도한 긴 부츠는 사라지고 어느덧 오리의 발에는 고아한 흰 부츠가 신겨져 있었다. 포포가 교실 안을 들여다보니 토슈즈를 신은 백조들이 발레의 기본 자세인 '플리에'를 시작으로 한창 열심히 연습 중이었다. 진지한 표정의 그들이 만들어 내는 발레 동작은 하나같이 노련했다. 그들의 열기로 어느새 교실 유리문은 뽀얗게 김이 서리기 시작했다.

'맞아. 오늘은 발레 퀸을 뽑는 날이었지.'

또 지각해 버린 포포 이스트였지만 오늘만큼은 당당하게 문을 열었다. 그리고는 자신의 오리발을 쭉 뻗어 내딛었다. 아름다운 흰색 실크 부츠가 또각또각 소리를 내자 예상대로 하얀 백조들은 눈이 휘둥그레졌다. 그들은 순간 넋 나간 표정으로 자신 있게 걸어 들어오는 오리를 바라만 보고 있었다. 그들 중 발레 반장이 외쳐 댔다.

"오늘도 토슈즈를 신지 않았잖아! 세상에! 저, 저 겁도 없는… 저거 혹시 말로만 듣던 오리알 아냐?"

포포는 순간 '오리알'이란 말에 화들짝 놀랐다.

발레 반장이 또다시 말했다.

"우리 할아버지가 언젠가 말씀해 주셨어. 백조들을 혼란스

럽게 하는 존재는 오리뿐이라고."

그는 나무 바bar 옆에서 발레 동작들을 하나하나 명확히 시범을 보이고 있었다.

"뭐… 무슨 알?"

이때 저 멀리서 바바 선생이 포포를 향해 성큼성큼 다가왔다. 이상하게도 그의 검은 눈동자는 점점 작고 더 날카로워지고 있었다. 게다가 눈알은 튀어나올 듯했고 가장자리는 붉은 핏발로 그득했다. 지금 그의 모든 이목구비는 꼭 사나운 매와 같이 변해 가는 중이었다. 그는 병기같이 날카로운 부리로 포포의 앞머리를 쭈욱 잡아당기며 말했다.

"도대체 그 부츠는 어디서 났지?"

놀라 긴장해 버린 포포는 아무 말도 하지 못했다.

"……"

그러자 바바 선생은 금방 태도를 바꾸어 부드러운 목소리로 속삭였다.

"우리 학교에서 거짓말을 하는 학생은 아무도 없단다. 발레 낙제자만 빼고."

"……"

이번에도 침묵을 지킨 포포였다. 칼날을 세운 듯한 백조의 날카로운 부리가 포포의 눈앞으로 점점 가까이 다가왔다. 그 모습은 금방이라도 오리의 작은 눈알을 찍어 낼 것만 같았다.

"황금호수의 백조에겐 토슈즈 외에 그 무엇도 필요치 않아!"

바바 선생의 커다란 호통이 교실 전체로 울려 퍼졌을 때였다. 그 말을 들은 마룻바닥 위 포포의 실크 부츠가 갑자기 꿈틀대기 시작했다. 그리고 포포는 발끝으로 톡 하고 아무렇지도 않게 섰다. 가뿐하게 두세 발자국을 마루 위로 통통 하고 뛰었다. 또한 뒷다리는 제멋대로 번쩍 들려 포포는 어느덧 아무렇지도 않게 고난도 아라베스크 자세까지 취하고 있었다. 교실 안 그 어떤 백조들보다도 더 우아하고 당당한 몸짓으로 말이다. 포포의 귀에 반 친구들의 웅성거림이 들려왔다.

"저 동작 봐! 이번엔 포포가 발레 퀸이 되겠어."

"맞아 맞아."

그 소리를 들은 바바 선생의 얼굴이 벌게졌고 부츠를 바라보며 말했다.

"아니, 넌 낙제야. 감히 내 수업 시간에 그런 걸 신고 오다니! 도대체 어디서 난 게야!"

포포의 눈에 비친 바바 선생의 눈동자는 공중 위로 타오르는 두 개의 붉은 불꽃처럼 보였다. 부츠에 의해 거의 강제적으로 발레 동작을 취하고 난 후, 어린 오리의 목은 어느덧 심장 가까이로 움츠러들고 있었다.

　한참 후 그의 작은 부리에서 겨우 한마디가 흘러나왔다.

　"사실 이건 제가 직접 숲에서 발견……."

　결국 더 이상 참지 못하고 눈을 감아 버린 바바의 부리가 하늘을 향해 높이 쳐들어 올려졌다.

　"저 거짓말쟁이 백조를 잡아서 부츠를 벗겨 내! 내 저 두 다리를 분질러 주게!"

　순식간에 대여섯 마리의 백조가 오리의 부츠를 벗기기 위해 달려들었다. 그 바람에 일렬로 봉을 잡고 기대어 서 있던 어린 백조들이 도미노처럼 쓰러졌다. 어느덧 교실에는 발버둥 치는 오리와 백조들 간의 줄다리기가 벌어지고 있었다.

　'앗! 부츠가 딱딱해지고 있잖아.'

　포포의 발에 신겨져 있던 실크 부츠는 점점 매끄러운 돌로 변하고 있었다. 일렬로 포포의 허리를 잡고 온 힘을 다해 부츠를 벗기려던 백조들이었지만 이미 굳어진 돌 부츠가 꽉 잡힐리 만무했다. 맨 앞의 백조가 부츠를 놓치며 미끄러지자 그 뒤에서 끌어당겨 주던 다른 백조들은 줄기 떨어진 포도알처럼 줄줄이 내동댕이쳐지고 말았다.

순식간에 교실은 바닥에 나동그라진 백조들로 흰 털이 꽉 찬 배개 속과 같이 되고 말았다.

"으악."

"저리 비켜!"

"부츠가 저기에 있다!"

슬금슬금 또다시 달려드는 백조들의 집념에도 부츠는 오리의 발에서 좀처럼 벗겨지지 않았다. 이때 오리의 주머니로부터 꾸물거리는 괴상한 것을 발견한 발레 반장이 외쳤다.

"어머! 이상한 게 있어! 꼬리, 아니, 뱀 시체야!"

"으악! 썩은 달걀 냄새!"

포포의 주머니에 들어있던 도마뱀 꼬리가 스멀거리며 밖으로 기어 나오고 있었다. 그 고약한 냄새와 징그러운 모양새에 백조들은 벌벌 떨었다. 그 사이 포포는 백조들의 손아귀에서 겨우 풀려날 수 있었다. 그는 황급히 교실을 빠져나왔다. 교실 문으로부터 한 걸음씩 뒷걸음치던 포포는 문득 이제부터 달려야

겠다는 생각을 했다. 가능한 한 그곳으로부터 멀리 벗어나는 것
이 상책이었다.

한참 후, 겨우 백조들 따돌리기에 성공한 어린 오리는 한적
한 호숫가에 이르렀다. 꼿꼿한 잡초가 무성하게 나 있는 길은
왠지 그의 마음만큼이나 축축하고도 심난했다. 혼자 남겨진
어린 오리는 가만히 생각에 잠겼다. 바바 선생의 부츠에 대한
그 민감한 반응이 당황스러웠다. 여기에 백조들에게 푸대접
받은 자신의 모습을 떠올리니 화가 치솟았다. 그는 넓적부리
로 푸푸거리며 성을 내 보았지만 그래도 분이 풀리지 않는 듯,
급기야 밑동만 남은 고목나무를 부츠 앞코로 퍽퍽 차 대기 시
작했다. 흔들리던 고목나무가 뿌리째 뽑힐 쯤 되자 그 안에서
딱따구리 할머니가 놀라 뛰쳐나왔다. 그 모습을 본 포포는 얼
른 용서를 빌었다.

"죄송해요. 이곳이 할머니 집인 줄 몰랐어요."

그녀는 호숫가에서 가장 오래된 집에 살고 있는 딱따구리였다. 포포가 나중에야 알게 된 사실이었지만 모두들 그녀를 두고 '황금호수의 살아 있는 역사'라고 부르고 있었다. 딱따구리 할머니는 오리의 부츠를 보자 그녀의 붉은 갈색 앞머리 털을 쫑긋 세웠고 흥분한 목소리로 옛날 이야기를 쏟아 냈다.

"아니, 그 '신비부츠'는 황금호수에서 모두가 동경해 온 물건인데. 어떻게 네가 그것을 신고 있지? 오직 발레 동작을 완벽히 해 낸 새만이 그것을 가질 수 있는데 말이야."

포포가 발 쪽을 내려다보며 대답했다.

"숲 속 길을 걷다 우연히 찾은 손수레에서 주워 신었어요. 그런데 이게 그렇게 대단해요?"

딱따구리 할머니가 한 톤 높여 대답했다.

"그럼, 그 부츠에 대한 가치, 아니, 신성함이란 이제까지의 토슈즈들을 전부 호수에 갖다 부어도 모자랄 거야. 사실 나도 부츠를 이렇게까지 가까이서 보기는 어릴 때 이후로 처음이거든……."

"할머니께선 이 호수 마을에서 제일 큰 어르신이시지요? 그럼 옛날에 신비부츠를 한 번이라도 차지했던 천부적인 발레 백조가 있긴 있었나요?"

그런데 이번엔 할머니가 의심에 찬 눈초리로 물었다.

"잠깐, 그런데 그것을 무슨 손수레에서 찾아냈다고? 그리고 보아하니 너는 백조도 아니구나. 듣도 보도 못한 새의 말을 내가 어떻게 믿지?"

등과 날개가 이미 굽을 대로 굽어 버린 딱따구리는 한참을 머뭇거리고 있었다. 특별히 변명할 말이 없던 포포는 그가 수다스런 딱따구리임을 다시 확인하고는 아무 말 없이 가만히 서 있기로 했다. 시간이 얼마 지나지 않아 딱따구리의 부리는 자신의 고목나무 집 벽을 다다닥 쪼아 대기 시작했다. 점점 세게 쪼아 대자 집 앞은 뜯겨 나간 나무 조각들로 금세 수북해졌다. 이제는 그녀 자신이 더 이상 말을 하지 않고는 못 배길 정도였다. 결국 그녀가 포포에게 다가와 목소리를 한 톤 낮추면서 말하기를,

"사실 '전설의 황금부리'라고 소문이 났던 한 청년이 있긴 있었지. 지금 발레 학교의 선생 바바인데, 그 당시 마을 사람들은 다들 최초이자 최고의 발레리노였던 그가 부츠를 차지하게 될 것이라고 믿었단다. 하지만 발레 대회 당일, 바바는 수십 번이나 회전하는 고난도 연기를 펼쳤지만 그 뒤 그만 토슈즈가 벗겨져 버렸단다. 그는 그대로 고꾸라지고 말았지. 아쉽게도 '신비부츠'를 눈앞에 두고 결국 가져가지 못한 거야. 내가 그 발레 대회를 참관했던 현재 유일한 생존자란다."

딱따구리 할머니의 설명을 들은 오리는 고개를 끄덕거렸다.

'그래서 나에게!'

갑자기 포포의 귀에 바바 선생의 고함소리가 버럭 들려오는 듯했다. 그는 부리에 자잘한 잔주름이 잔뜩 새겨져 있는 딱따구리 할머니에게 다가갔다. 그리고는 오늘 교실에서 있었던

일들을 전부 다 이야기해 주었다.

"오, 그것을 발레 낙제생이 신고 들어오다니! 이제부터 부츠의 출처에 대해 소문이 무성해질 거야. 한낱 못생긴 아이가 그것을 어디서 몰래 훔쳐 냈다고 말이지. 명심하렴. 네가 부츠를 신고 있는 이상 아무튼 널 가만두지는 않을 거야! 큰일이 났구먼. 따다다닥."

딱따구리 할머니가 온통 호들갑을 떨어 대며 기울어진 고목나무집 앞을 부산스럽게 오가고 있었지만 오히려 포포는 담담한 표정이었다.

'난 그래도 토슈즈보다 이 부츠가 더 좋은 걸…….'

이렇게 생각하면서 말이다.

9

소녀 션티를 만나다

포포가 도망쳐 이르게 된 호수에 자욱이 안개가 끼기 시작
했다. 꼭 어둠의 옷을 두르고 있는 누군가가 서서 허공에 계속
분무질을 해 대는 것처럼 흰 베일이 겹겹이 드리워지고 있었
다. 마치 호수의 짙은 마수로부터 그 누구도 빠져나갈 수 없게
하려는 듯이.

이때 소리 없이 흐르는 호숫물 위로 무언가가 떠 있는 것이
보였다. 오리의 방보다 큰 뗏목이었다. 또 그 위로는 머리칼로
가려져 얼굴이 잘 보이지 않는 소녀만이 조용히 앉아 있었다.

소녀의 머리카락 길이를 본 포포는 지하방 모리에게 설명
해 줄 말을 떠올렸다.

'새끼 악어의 주둥이보다는 더 길고 지난여름에 봤던 왕버들가지보다는 길지 않다.'

"저기. 부탁인데요. 저를 거기에 좀 태워 줄 수 있나요? 제 집까지만요."

멀찌감치에서 그 말을 들었는지 소녀가 조용히 일어섰다. 그러자 키가 오리보다 몇 배는 커졌다.

포포는 뗏목 위로 올라탔다.

"고맙습니다. 다리가 무척 아팠는데."

포포는 뗏목에 타자마자 폭신한 흰 궁둥이로 털썩 주저앉은 채 다리를 두드리기 시작했다.

뗏목 주인은 천천히 힘 있게 노를 젓기 시작했다.

뗏목이 물살을 가르는 것을 보자 마음이 느긋해진 오리는 뒷짐을 지고 일어섰다. 포포는 알 수 없는 빛으로 온몸을 두르고 있는 소녀가 점점 궁금해졌다.

호숫가에는 칠흑 같은 어둠이 풀어 헤쳐진 머릿결처럼 내려왔고 샛별 눈동자가 총총히 눈을 뜨기 시작했다. 볼살이 도톰히 오른 달이 뺨을 드러냈지만 곧 부끄러운 듯 촘촘한 안개 면사포를 쓰더니 아예 얼굴도 볼 수 없게 했다. 호수의 하늘은

점점 자욱해져만 갔다. 그때 오리의 앞머리 위로 노랑꽃 하나가 톡 하고 사뿐히 내려앉았다.

개망초 꽃바람을 받아들이기 좋게 꽃잎이 잘게 갈라진 작은 야생화이었다.

짙은 신비로움에 취한 어린 오리는 뗏목 주인을 흐릿한 눈망울로 바라보았다. 그리고 천천히 부리를 벌려 말했다.

"당신은 제가 모르는 많은 것을 아시는 분 같아요."

이어서 포포는 자신이 어린 시절 올랐던 포포나무에 얽힌 이야기를 비롯해 발레 수업에서 왜 낙제를 맞게 되었는지와 지금 신고 있는 부츠 이야기까지 줄줄이 늘어놓기 시작했다. 그는 현실이 얼마나 불공평하고 형편없는가를 탄식했다. 그리고 지금 백조들이 얼마나 우스운 일들을 벌이고 있는지 읊어 댔다.

한참의 시간이 지나도 소녀에게선 아무런 대꾸도 없었다. 포포는 당황했다. 하지만 아랑곳 않고 자신의 이름에 대한 소개까지 하고 있는 그였다. 자존심 문제였을까. 아니, 지금은 오리의 넓적부리 스스로가 멈추려 하지 않았다.

"그리고요, 제 친구들이 제 이름 보고 뭐라고 하는 줄 아세

요? 넌 전생에 빵이었다나요? 전 'yeast'가 아니라 'east'라고
요. 동쪽!"

머리카락이 손등까지 내려오는 뗏목의 소녀는 오리 부리에
서 쏟아져 나오는 소리들을 볼때기 속의 사탕 굴리는 소리마
냥 아무 말 없이 듣고만 있었다. 뗏목 위에는 침묵만이 계속 흐
르고 있었다. 포포의 앞가슴 털이 뭉쳐져 오는 듯 점점 갑갑해
졌을 때 소녀의 맑은 목소리가 뗏목 위로 울려 퍼졌다.

"거 참, 불만이 많은 오리로군. 오직 나쁘기만 한 동물이 어
디 있겠어? 난 이제까지 착하기만 한 동물 또한 본 적이 없어.
이 세상에는 오직 자기 일에 충실한 동물밖에 존재하지 않아."

발레 교실에서는 생전 들어 보지도 못한 말이었다. 포포는
순간 모욕감에 사로잡혔지만 이상하게도 금방 아무렇지 않아
졌다. 그것은 바로 그 뗏목 주인을 휘감고 있는 오라aura 때문
이었다. 포포는 어떠한 힘, 또는 알 수 없는 분위기가 자신을
압도하고 있음을 느끼고 있었던 것이다.

어둠 속 소녀의 머리카락은 연보라 가지보다 까맸지만 빛
이 났다. 게다가 거친 실로 짠 허름한 긴 치마는 눈이 부시지는
않았지만 좀처럼 눈을 뗄 수 없는 신비함이 스며 있었다.

가만히 소녀를 쳐다보던 포포는 발개진 얼굴로 발 아래를 내려다보았다. 문득 그는 낯설게 느껴진 부츠를 있는 힘껏 잡아당기기 시작했다. 그리고 이제는 넓적부리로 그것을 질겅질겅 씹어 보기까지 했다. 그 맛은 언젠가 주워 먹었던 다슬기 속살보다 딱딱했고 마치 도마뱀의 비늘처럼 미끄러웠으며 느타리 향마저 나는 듯했다. 그제야 그는 자신의 유일한 보물이 말랑거리는 젤리부츠로 변해 있음을 알아챘다.

10

뗏목을 타고 모험을 떠나다

이제까지 몰랐던 사실인데, 황금호수는 포포가 알고 있던
것보다 훨씬 컸다. 호수에 떠 있는 연잎은 모두 둥글면서 커다
랬고, 그 밖에도 호수 위로 핀 이름 없는 예쁜 꽃들이 수도 없
이 많았다. 그동안 긴 갈대 줄기들에 가려진 호수는 보지 못한
채 늘 포포가 보아 온 호수만이 호수인 줄 알았다. 그런데 이번
에 호수 전체를 둘러보니 수평선 끝조차 보이지 않을 정도로
드넓어 보였다.

"세상, 오래 살고 볼 일이야."

포포가 중얼거렸다.

어느덧 소녀의 머리 위에는 노란 반딧불 무리가 앞장서서

밤길을 비추어 주고 있었다. 몇 마리의 밤색 물방개들도 모여 들어 뗏목 주위를 맴돌았다. 포포는 집 근처에 도착하면 뗏목 주인에게 어떻게 고맙다는 인사를 멋있게 할 수 있을지 고민 하고 있었다. 어느새 뗏목이 포포의 집 쪽 호숫가에 다다를 쯤 이었다. 멀리서 두더지 머리와 달팽이 껍질이 한데 뒤엉켜 땅 위를 기고 있는 것을 발견했다. 놀란 포포는 땅 위를 향해 커다 란 발자국을 찍으며 뛰어올라 갔다.

"무슨 일이야? 모리."

모리는 포포의 방에서 굻아떨어졌던 이오를 데리고 땅을 통해 겨우 기어 나오는 중이었다. 그는 두더지가 지을 수 있는 가장 슬픈 눈빛으로 물에 젖은 백조의 깃털을 꺼내 놓았다.

모리의 표정으로 보아 아마도 포포의 어항 침대는 그들이 박살을 냈음이 분명해 보였다. 이오는 몸을 부르르 떨어 댔다. 마치 지진이 난 것보다 더한 장면을 봤다는 듯. 이웃의 말로는 포포의 양부모님은 며칠 전 꿈속에서 본 새로운 낚시터를 찾 아 이미 떠나셨다고 했다.

어느덧 어린 오리의 검은 눈동자엔 눈물이 맺히고 있었다.

"백조들이 날 찾으러 왔었군. 바로 이 부츠를 빼앗기 위해서야⋯⋯."

이오는 이젠 아무것도 모르겠다는 표정으로 모리의 팔에 안겨 있었다.

포포는 직감했다.

이제는 집에 되돌아갈 수 없다는 사실을. 그리고 자신의 방 어항 침대 '엄마 품'과도 이별해야 한다고. 포포는 모리에게서 이오를 받아 데리고 다시 호숫가로 나왔다.

뗏목 소녀는 아무 데도 가지 않고 그 자리에 그대로 있었다. 마치 다시 돌아올 것을 알고 기다렸다는 듯이. 포포는 주저 없이 다시 뗏목을 탔다.

그는 이제 목적도 기약도 없이 오직 호수를 향한 여행을 시작해야 했다.

드넓은 호숫가에는 어린 나뭇잎들이 잔가지로부터 몸을 자유롭게 내맡기며 아래로 훌쩍 뛰어내리기도 했다. 그들도 이제 형제들을 떠나 자신만의 새로운 보금자리를 찾고 있음이 분명했다.

포포는 가만히 누웠다. 짙고도 푸르른 어둠으로 덧칠해진 하늘을 가만히 바라보기 시작했다. 어느덧 나무 뗏목 위로 조심스레 등 전체를 맡긴 그였다. 그런데 지금은 매일 내려다보던 호수의 물속보다 저 높이 하늘 속 물결이 더 깊어 보였다. 오리의 눈에는 그 속마음을 전혀 알 수 없을 정도로……. 하늘 속 물결이란 참으로 잔잔하고도 고요했다.

'저 하늘 끝에는 무엇이 있을까?'

포포는 깊은 숨을 한 번 들이쉬었다. 그때 하늘 속 출렁거리는 청남색의 물결 위에 은빛 청개구리 하나가 통 하고 뛰어오르는 것이 보였다. 하나의 동그라미가 새겨지자 그 속에는 또 다른 하나의 동그라미가 생겨났다. 어느새 하나 둘 셋 동그라미 세 개가 옆으로 겹쳐 늘어섰다. 개구리 세 마리는 각자의 은빛 테 위에서 가만히 폴짝거리기 시작했다.

첨벙첨벙.

그들은 계속해서 한동안 폴짝폴짝거리며 포포의 얼굴을 빤히 바라보고 있었다. 이제 개구리는 세 마리에서 점점 수십 마리로 늘어나기 시작했다. 그 놀라운 장면에 포포는 정신없이 이리저리 시선을 옮겼다.

그러다가 개구리 떼는 빛나는 수십 개의 별로 순식간에 변해 버렸다. 일제히 꼬리를 떨어뜨린 그들은 별안간 어린 오리의 머리를 향해 폭포수처럼 쏟아지기 시작했다.

"와아아!"

포포는 몸을 부르르 떨며 눈을 떴다.

"황금호수의 비밀을 알고 싶은가?"

뗏목의 주인인 소녀가 말했다. 그런데 소녀의 목소리가 아니라 처음보다 좀 더 나이 들고 묵직한 음성으로 바뀌어 있었다.

"……"

포포는 대답을 하지 못했다.

두 번째로 긴 머리카락이 물었다.

"진실로 알기를 원하는가?"

"……"

이번에도 역시 포포는 아무 말도 없었다.

세 번째로 금빛 오라가 물었다.

"정말로 후회하지 않겠는가?"

포포는 두 눈을 크게 깜빡이는 것으로 대답을 대신하였다.

"나는 네가 올 것을 이미 알고 있었다. 포포 이스트! 만약 신비부츠보다 더 귀중한 보물을 찾게 된다면, 무수한 세월 동안 백조들의 발에 씌워져 있던 고통을 풀 유일한 동물이 될 테니.

이제부터는 그 신비부츠를 신고 먼 여행을 떠나야 한다. 부디 인생의 깊은 의미를 깨닫기를."

소녀의 말이 끝나자마자 어둠 속의 달도 그들의 뗏목을 비추기 위해서 금방 안개를 걷어냈고, 종종걸음으로 그들의 길을 재촉했다. 오늘따라 물살은 빨랐고 모두가 깊이 잠든 모양인지 호숫가를 내다보는 동물은 아무도 없었다. 침묵은 어느덧 그날 밤 호수의 유일한 언어가 되어 있었다. 자다 깬 이오만이 '모퉁이의 팻말'을 가만히 들여다볼 뿐이었다. '션티의 사색하는 뗏목'이라고 작게 이오의 속삭이는 소리가 나더니 곧, 그곳은 다시 조용해졌다.

한가해진 밤의 시간들은 호수의 물결 속으로 보이지 않게 녹아든 뒤에야 비로소 뗏목을 밀 수 있었다. 또한 그 뒤를 따르는 굵고 검은 비늘의 물고기들과 함께 굽이치면서 나무 뗏목 위 항해사들은 그렇게 우주의 어둠 속을 깊이 나아가고 있었다.

11

토슈즈 공장의 비밀

포포와 이오는 황금호수의 건너편에 이르자 뗏목에서 내렸다. 그리고 둘은 뗏목 소녀 '션티'가 일러 준 저 멀리의 거대한 공장 단지를 바라보았다.

마치 여러 개의 소라를 세워 담을 쳐 놓은 것 같이 생긴, 고부라지고 높게 솟은 건물들은 한 치의 틈도 없이 다닥다닥 붙어 있었다. 건물의 벽면에는 불규칙적인 회갈색 물방울 무늬가 새겨져 있었다. 또 지붕 꼭대기에는 소라 뿔이 우뚝 솟아 웅장했고 사방으로 가시 창이 꽂혀 있었다. 고요하지만 왠지 소름 돋는 기분이 들게 하는 공장의 외관이었다.

포포는 공장 가까이에 서 있는, 모래알로 만든 펭귄머리상

을 발견해 냈다. 두 개의 커다란 두상들은 마치 신전을 지키듯
이 준엄한 표정들이었다.

"프프⋯⋯."

이오는 무거운 듯 나뭇잎을 겨우 입에 물고 있었다. 그것은
뗏목에서 션티가 포포 몰래 보낸 편지였다. 이오에게 나뭇잎
을 넘겨받은 포포는 서둘러 주위를 두리번거렸지만 어느새 뗏
목은 저 멀리로 자취를 감춰 가고 있었다.

황금호수의 보물을 찾아내시오.

주의 사항:
단, 보물을 찾기 전까지는 신비부츠를 절대로 벗지 마시오.

나뭇잎 편지를 읽자마자 포포는 뗏목 위에서 나누었던 션티와의 대화가 떠올랐다.

"토슈즈를 신고는 자신의 키에서 딱 한 뼘 정도 올라서서 세상을 볼 수 있어. 하지만 그것은 모든 백조들이 갈구했던 딱 그 높이만큼 뿐이지."

포포가 션티에게 물었다.

"그럼 백조들은 그 이상은 볼 수 없는 건가요?"

"그들이 아무리 몸부림쳐 봤자 백조들의 발톱만 남아나지 않을 거야."

"션티, 그래도 토슈즈를 신고 풀쩍 뛰기라도 한다면……"

"안타까워할 필요는 없어. 포포. 그들이 토슈즈만을 간절히 원했기 때문에 평생 그런 결과를 얻은 것뿐이란다. 모두들 저 혼자만 맨발이 되어 버릴까 부끄럽고 두려워했어. 하지만 그 때문에 더 큰 고통을 불러들인 격이지. 우리는 그것을 '자연의 이치'라고 부른단다."

"자연의 이치란 냉정하군요."

포포가 중얼거렸다.

"아니, 자연의 이치란 정확하다는 표현이 더 맞을 걸."

션티는 계속해서 말했다.

"하지만 그 말랑거리는 부츠는 다르지. 한 번 '신비부츠'를 신고 나면 두 번 다시 토슈즈를 신고 싶어지지 않는단다. 녀석의 강력한 마력에 빠져 버리게 되거든."

"신비부츠에 마력이 있다고요?"

"그렇단다, 포포. 이제 그것을 신고는 어디로든 갈 수가 있어. 세상 아무리 높은 곳도 아무리 먼 곳이라 할지라도. 하지만 명심하도록 해! 진짜 황금호수의 보물은 이 '신비부츠'가 아니라는 사실을."

공장 숲 뒤로 보이는 하늘은 모래바람에 섞여 흐려져 있었고, 그들이 밟고 있는 사막 땅은 점점 건조해지고 있었다. 포포가 모래 위를 뚜벅뚜벅 몇 발자국 걷기 시작하자 부츠의 뒤꿈치에서는 별 모양의 불가사리가 돋아나기 시작했다. 어느새 부츠는 예민한 감각의 '보안관 신'으로 변한 것이었다.

포포는 방금 새로운 사실을 깨달았다. '신비부츠'를 신은 주인의 마음이 바뀌면 부츠 스스로 그 모습을 변화시킨다는 사실을.

달팽이 이오는 검은 연기가 뿜어 나오는 키 큰 굴뚝들을 바

라보며 어지러운 듯 눈을 감았다. 마치 불을 뿜는 용의 코를 본 듯이. 포포와 이오는 공장의 문을 찾아봤다. 하지만 그들의 눈에는 건물의 창문과 출입구는 물론, 그 어디에도 갈라져 있는 틈이란 보이지 않았다.

포포가 부츠에 달린 불가사리를 탁탁 마주치며 공장의 입구를 찾아 나서고 있을 때였다. 공장 모퉁이로부터 한 마리의 낙타가 슬금슬금 다가왔다.

그는 졸음이 몰려온다는 표정으로 길게 하품을 하고는 포포에게 말을 걸었다.

"공장 일을 하러 왔어?"

포포는 놀라서 엉뚱한 대답을 하고 말았다.

"글쎄요. 아, 네!"

낙타는 한 번 더 하품을 하였다.

그리고 물었다.

"아함, 그런데 말이야. 넌 여기 펭귄들과 생김새가 조금 다른데?

"펭귄이 아니라 오리……."

그런데 그때 신비부츠가 한쪽 발을 들어 오리의 또 다른 발등을 '꽉'하고 찍어 눌렀다. 오리는 짧은 비명과 함께 서둘러 말을 바꿨다.

"으아! 전 펭귄 사촌쯤 돼요. 부리가 조금 노랄 뿐이구요으."

쏟아지는 잠 때문에 아예 눈을 감아 버린 낙타가 이어서 말했다.

"흠, 사실 이 공장에 한번 들어가면 공장원들조차 나오는 문을 찾는 것은 불가능하지. 그게 모두들 이상한 이곳을 두려워하는 이유야."

"그렇군요."

이때 문득 생각난 듯 낙타가 물었다.

"그렇담, 공장장 또또님은 이미 네가 오늘 오는 것을 알고 계시겠지?"

"(또또님?) 그럼요!"

포포는 자기도 모르게 거짓말을 해 버린 것에 대해 놀라고 말았다. 이오도 고개를 갸우뚱거렸다.

"내 그에게 부탁할 게 있긴 한데. 우선 타라."

커다란 몸집의 낙타는 무릎을 굽히고 그 둘을 자신의 등 위에 태웠다.

그리고는 입구도 없는 소라 형상에다 거친 모래로 지어진 공장들 사이를 한참이나 이리저리 돌아다니기 시작했다. 잠시 뒤 낙타가 어느 단단한 모래벽 앞에 멈춰 서서 중얼댔다.

"여기쯤 될 텐데 말이지."

포포는 벽면에 굵게 새겨진 다음과 같은 글씨를 발견했다.

세상에서 가장 부유한 펭귄의 공장

낙타의 발이 멈춘 공장건물은 성이 난 듯 꼭대기가 높다랗게 솟아 있었다. 그때 공장 내부에서는 빠지직 하는 큰 소리가 났다. 건물 전체가 흔들리자 하얀 모래가루가 경사를 타고 미세하게 흘러내려 오는 것을 포포는 두려운 듯 바라보고 있었다.

"펭귄공장 굴뚝의 연기는 오늘의 태양보다 아름답다!"

낙타의 해괴한 외침이 벽에 부딪히는 순간이었다. 단단한 모래벽이 꼭 얇은 베일처럼 하늘거리기 시작했다. 출렁출렁대던 벽에서는 격자무늬가 생겨 나더니 공간이 벌어지기 시작했고 결국 그물과 같이 변해 버렸다.

떨어지는 모래 알갱이가 어른거리더니 이젠 그 안이 훤히 들여다보이기까지 했다. 그러자 눈을 반쯤 뜬 채로 그들을 태운 낙타는 헐거워진 모래 그물망을 뚫고 들어가기 시작했다. 그는 중간에 조금 휘청대긴 했지만 온전히 네 발로 걸어 들어갈 수 있었다.

모래벽은 잠시 후 다시 막혔고 낙타는 유유히 포포와 그의 친구를 내려놓았다.

공장의 내부로 들어선 포포는 크게 놀랐다. 깨끗한 내부는 전체가 부드러운 은회색이었는데, 마치 거대한 공연장 같았다. 갖가지 도형에서 쏟아지는 조명에 잔잔한 음악까지 들려오고 있었다. 주위를 둘러보자 검은 뚱뚱이 몇몇이 관중석 의자에 앉아 졸고 있었다.

포포와 이오는 관중석 제일 뒷자리로 숨어들었다. 잠시 후 배가 하얀 펭귄들이 무대 위로 하나둘씩 올라왔다. 모두 나이가 어려 보였다. 펭귄들이 높은 단상 위에 일렬로 붙어 서자 포포는 그들이 합창단원이라는 사실을 깨달았다. 잠시 후 그들 뒤로 배까지 검은 펭귄이 군데군데 끼어 섰다.

"자! 검은 음계까지 다 준비되었지?"

꽤나 살이 붙은 거구의 펭귄이 말했다. 그는 피아노 앞에 앉아 합창대 쪽을 향해 눈을 부릅뜨고 있었다.

"내 악보가 어디 갔지? 응? 아 참. 내 손에 있었군."

혼자서 소리를 지르고 있는 거구 펭귄과 영롱한 무대장치를 바라보던 어린 오리 포포는 이 모든 장면들이 낯설 뿐이었다. 이때 피아노 펭귄 곁으로 한 펭귄이 급하게 다가와 속삭였다.

"공장장님. 오늘은 '라'와 '시'의 목소리가 잠겼어요. 감기에 걸린 것 같⋯⋯."

'라와 시 사이'의 검은 음계 펭귄의 두려워하는 목소리였다.

피아노 펭귄은 숨을 한 번 깊게 내쉬더니 눈 하나 까딱 않고 말했다.

"그러게. 라와 시 목소리 관리는 원래부터 음계장 책임이 잖나."

"네. 그⋯ 그렇지만 합창 일정이 너무 많으니까요."

"음계장도 잘 알다시피 우리 펭귄공장의 토슈즈 공급 물량은 늘 달린다고."

"알겠습니다. 공장장님."

키 작은 검은색 펭귄은 벌벌 떨며 조용히 자신의 자리로 되돌아갔다.

"오늘은 수레 열 대가 목표야. 자~ 시작해!"

이윽고 피아노 펭귄이 연주를 시작했다. 그러자 각 음계를 맡은 펭귄들이 입을 벌려 음을 냈다. 관중석 뒤편의 포포와 이오는 초대 받지 않은 관객이었지만 그런 그들이 듣기에도 펭귄들의 음악은 일면 경직된 느낌이 있었다. 희고 검은 옷을 입은 펭귄들은 각자 계이름이 되어 오직 한 음만을 내야 했다. 그 합창은 오로지 피아노 펭귄에 의해 철저히 지휘되고 있었다. 기계적인 속도의 음표들이 점점 고음으로 휘몰아치면서 하모니를 완성해 가고 있었다. 이 와중에 '라'와 '시' 둘은 서로의 열이 나는 머리를 양손으로 떠받치며 간신히 음을 내고 있었다.

라라라라라라라라아

시시이

그중에도 '시 펭귄'은 몹시 숨차 보였다. 이때 갑자기 합창 단원 모두 매우 걱정스러운 듯 둥근 천장 한곳으로 시선을 두었다.

포포가 이오에게 속삭였다.

"저 꼭대기에 뭐가 있다고 저러는 거지?"

"시 시……."

그런데 음 길이를 버티지 못한 '시 펭귄'의 배가 점점 볼록해지고 있었다. 당황한 그의 표정에도 불구하고 몸 전체는 통통한 사분음표로 변해 가는 것이었다. 결국 그는 서 있지 못하고 바닥에 점점 드러눕고 있었다. 기이함과 신비함 속에서 놀란 포포의 목소리가 들려왔다.

"저, 저건. 백조들의……!"

포포의 시선이 머문 곳, 검은색 피아노의 금속 페달 사이로는 백합보다 흰 토슈즈가 떨어지고 있었다. 그것은 백조들이 자녀가 아기일 때부터 선물해 주었던 '발레 토슈즈'가 분명했다. 하지만 거구의 피아니스트는 무심히 연주에 심취해 있었고, 주변은 아랑곳하지 않고 페달만을 열심히 밟아 댔다.

오선을 그리며 도는 무대 위 허공의 회오리에는 어느덧 '시 펭귄'만이 둥둥 떠다니고 있었다. 검은색 사분음표로 변해 버린 그에게서는 이미 펭귄의 모습을 찾아볼 수가 없었다. 곧이어 공장의 꼭대기 굴뚝 구멍이 열리기 시작했고, 완전해진 사분음표를 '스르릅' 하고 빨아들여 버렸다. 그것은 곧 시커먼 연기로 변해 '샤르릉' 소리와 함께 자취를 감췄다.

얼마 후 토슈즈가 공장 천장에 닿을 만큼 수북이 쌓이자 피아노 소리가 멈추었다. 두꺼운 연주 책 한 권을 모두 끝낸 그제야……

그곳에서 거두어진 토슈즈들은 짐꾼들에 의해 어디론가 실려 가고 있었다.

"이오야. 저 음표 펭귄은 도대체 어디로 가 버렸을까?"

달팽이는 아무 말이 없었다. 우연찮게 이 장면들을 전부 목격하게 된 포포는 우울해하며 조용히 공연장을 빠져나왔다. 둘은 곧 불 꺼진 작은 창고 방을 발견했다.

자부심 가득한 검은 옷의 방

그곳에는 독특한 이름의 문패가 걸려 있었다.

둘은 몰래 그곳으로 들어갔고 그들 앞에는 섬세하게 정돈된 선반들이 늘어서 있었다. 그런데 선반 위 연미복의 재료가 되는 옷감들은 하나같이 모두 검은색뿐이었다.

특히 옷걸이에 걸려 있는 검은 양복의 재단은 몹시 훌륭해 보였다. 과장된 어깨와 완벽한 솔기까지. 포포가 옷방의 유일한 그 옷에 다가서서 손으로 만지자 흑나비가 홀연히 눈앞에 나타났다.

신비로운 푸른빛을 얹고 있는 나비는 양 날개를 두어 번 모은 후 이렇게 말했다.

"그 검은 옷을 입게 되면 자부심이 살아나게 되지요. 하지만 점점 얼굴이 굳어져 버리니 오랜 착용은 피하세요."

"내 얼굴이?"

포포는 그 말에 놀라 자신의 뺨을 비볐다. 그러자 풀빛 휘파람 소리가 나더니 흑나비는 금세 사라졌다. 그가 사라진 자리에는 꼼짝없이 옷걸이에 옷핀으로 고정되어 있는 '나비넥타이'만이 있을 뿐이었다. 포포는 선반 위로부터 검은 옷감의 두루마리 한 필을 겨우 꺼냈다. 그리고는 이오에게 시켜 가위를 가져오게 했다.

그리곤 싹둑 자신의 조끼를 직접 만들어 입었다.

언뜻 펭귄같이 보인다는 이오의 말에 포포는 빙그레 웃으며 밖으로 나갔다.

12

소금쟁이의 수선실과 공장장 또또

'호수보다 훨씬 위험한 곳이야.'

포포가 공장에 들어오면서부터 계속 든 생각이었다.

리본 끈 수선실

포포는 또 다른 팻말이 걸린 문을 열고 들어갔다. 그곳에서
는 여럿의 소녀 펭귄들이 토슈즈에 리본 끈을 붙이고 있었다.

두꺼운 안경을 낀 아이는 참치 뼈로 만든 바늘귀에 실을 꿰
려고 애쓰고 있었다. 또 천 위에 올라앉은 작은 아이는 매우 능
숙히 가위질을 해 댔다. 한쪽 구석에서는 팔이 보통보다 길어

진 펭귄이 리본 뭉치를 돌려서 다 풀어 냈다. 그러자 그 안에서는 실타래보다 작은 펭귄이 나왔다.

"일의 속도가 너무 느린 걸! 안 되겠어. 소금쟁이들을 돌려야겠어!"

누군가가 고함치는 그때, 포포는 마침 방 한가운데에 서 있었다.

"거기 노랑부리. 지금 뭐 하고 있는 거야? 어서 작동시켜!"

안경 낀 어린 펭귄의 목소리가 포포에게 명령하고 있었다.

포포는 그제야 자신을 지목하고 있는 것을 알았다. 얼떨결에 펭귄들의 작업 책상 앞에 앉은 그는 바로 눈 아래서 소금쟁이를 발견했다. 재봉틀 바늘 밑에서 그들은 저마다의 준비 체조를 하고 있었다.

"소금쟁아. 지금 뭘 하려고 해?"

그들은 제자리에서 잘도 뛰었다.

"우리는 리본 끈 수선실의 달리는 재봉사야. 물 위를 달릴 정도라면 믿겠니? 어서 박음질을 할 수 있도록 러닝 머신 벨트를 밀어 주렴. 자, 먼저 발에 실을 묶어 줘."

재봉틀 위에서 팔딱팔딱 뛰는 그들에게는 오직 의욕밖에

없어 보였다.

포포는 토슈즈에 붙일 리본을 소금쟁이의 다리 밑으로 밀어 넣어 주었다. 오리의 앞날개로 조심조심. 하지만 포포에게 소금쟁이가 넘어지지 않도록 바삐 움직여 줘야 하는 재봉틀 바늘을 다루기란 쉽지 않았다. 소금쟁이가 잠시 동안 힘껏 달리고 나자, 토슈즈의 리본은 마감 처리까지 꽤나 근사하게 완성됐다.

"휴~ 우리들의 가는 팔다리는, 이렇게 매일 죽어라 달린 덕분이야."

재봉일을 마친 소금쟁이들은 실밥 뭉치 위에 모여 앉아 흐뭇해했다. 이때 누군가가 종을 흔들어 대자 펭귄들 모두는 일을 조금씩 서두르기 시작했다. 순식간에 토슈즈 하나가 완성되었고 마지막으로 그 위에는 그럴듯한 이니셜이 새겨졌다. 그들의 동작은 민첩했지만 부리 주변의 얼굴은 매우 굳어지고 있었다.

'펭귄 공장 안의 얼음 연기가 점점 자욱해지고 있어.'

포포는 눈앞의 광경과 점점 모여드는 연기들을 보며 혼잣말로 중얼거렸다. 그는 이오와 함께 숨어 있던 맨 구석 자리를 떠났다. 포포는 '세상에서 가장 부유한 공장'이라는 곳이 어쩐지 편하지 않았다. 이오의 처진 더듬이 역시 시무룩한 표정이었다.

복도가 끝나는 곳에 이르자 넓은 홀이 하나 나타났다. 그곳의 공중에는 긴 의자들이 계단처럼 떠 있었다. 층층마다 공중에 쌓아 올려진 그것은 사실 투명 줄에 의해 유지되고 있는 그네 의자들이었다.

다리가 슬슬 아파 왔던 포포와 이오는 그곳에 가서 잠시 쉬기로 마음먹었다. 공장 홀 안은 꽤 넓어서 생각보다 가는 길이 멀게 느껴졌다. 의자에 다다르자 여러 펭귄들이 눈에 띄었다. 커다란 얼음덩어리를 하나씩 머리에 이고 쉬고 있는 그들은 바로 합창대의 음계 펭귄들이었다. 펭귄들은 설탕 얼음을 둥근 이마 위로 올린 채 얼음이 녹아 물이 흐르기 시작하면 혀를 좌우로 날름거려 마셨다. 포포는 그중 제일 높은 그네 의자에 홀로 앉아 있는 거구의 펭귄에게 인사했다.

"안녕하세요?"

포포의 기억에 그는 분명 피아노 치는 펭귄이었다.

펭귄의 미끈하고 탄력 있는 검은 목에는 딱정벌레가 커다란 펜던트처럼 매달려 있었다. 고동색 딱정벌레의 등에는 그의 이름인 'ddoddo'가 또렷이 새겨져 있었다.

큰 목걸이의 무게 때문인지 펭귄의 머리는 앞으로 조금 숙여져 있었다. 어디선가 째깍째깍 소리가 들려오자 포포는 두리번거리기도 했다.

또또가 그를 힐끔 내려다보며 성숙한 목소리로 말했다.

"새로 들어온 일꾼이로군 그래."

포포는 그에게 물었다.

"예. 그런데 또또님, 여기서는 언제부터 일하셨어요?"

"음……. 그러니까, 엥? 넌 그런 걸 왜 묻는 게야?"

포포는 얼른 대꾸했다.

"제 넓적부리는 호기심이 많아요."

"흠흠. 거 참 유별난 부리로군. 그러니까 가만 있자… 일곱 살 때부터였던가."

그때였다. 또또의 목에 걸려 있는 고동색 딱정벌레가 움직였다.

그것은 목걸이 줄을 타고 슬금슬금 올라왔고 펭귄의 목을 세게 몇 번이나 당겨 댔다. 단단한 딱정벌레는 이제 그의 목에 대롱대롱 매달리더니 꼼짝도 하지 않았다.

포포는 놀라서 물었다.

"목걸이가 무겁지 않으세요?"

고개가 구부정한 모습의 또또가 대답했다.

"아니, 견딜 만해. 휴, 휴식 시간이 곧 끝나 가려나 봐. 시계가 점점 무거워지고 있으니까."

그 딱정벌레는 바로 목걸이형의 시계였다.

"무거우면 왜 시계를 벗지 않으세요. 또또?"

그가 대답했다.

"이 정도의 큰 목걸이 시계는 공장장 정도가 되지 않으면 절대 걸 수 없어. 난 이 시계를 위해 꽤 오랜 시간을 인내하며 기다려 왔거든…… 케켁."

"그럼 그것을 평생 목에 걸어 둘 생각이에요?"

"사, 사실은 빼는 방법을 몰라……. 그나저나 이 딱정벌레를 가능한 한 빠른 시일 내에 커다랗게 키워 놓아야 해. 그러고 나서 힘이 없어 일을 못하게 될 쯤엔 말이지, 다른 펭귄들의 딱정벌레와 비교해 보는 그 순간이 곧 '나의 행복'일 테니까."

포포는 중얼거렸다.

"그것이 행복이라고요?"

"그래. 그 순간은 꼭 번개를 맞는 듯한 느낌이라고 해."

또또는 기분이 무척 좋아진 듯 통통한 볼을 발그레하게 붉혔다. 하지만 포포는 번개를 상상한 순간부터 머리털이 쭈뼛해지고 있었다.

이번엔 또또가 먼저 포포에게 물었다.

"네 고향은 어디니?"

"폭포수 위쪽에서 떨어졌대요."

또또는 한 차례 눈을 깜빡였을 뿐 처음 온 일꾼에게는 그다지 관심이 없는 듯했다.

"내 고향은 남쪽 끝 얼음나라야."

그 말을 들은 포포가 대답했다.

"아주 먼 곳이군요."

"펭귄들이 사는 얼음 땅 아래의 물고기가 점점 줄어들자 난 아버지를 대신해 먹이를 구하러 여기까지 온 거야."

포포는 펭귄들의 목에 제각각의 크기로 걸려 있는 딱정벌레 시계들을 살펴보았다. 그네 아래쪽 수많은 어린 펭귄들의 목에 걸려 있는…….

또또는 슬픈 듯 잠시 허공을 바라보더니 갑자기 노래를 부르기 시작했다.

♪
봄이 오면 얼음나라 남쪽 고향.
웅장한 빙하 절벽 아래로
펭귄 부리 시려 와도
넘실대는 푸른 파도.
펼쳐진 수평선
물고기 새우 잡아 놓고
부르던 엄마 목소리.
아아 얼음나라
그리운 남쪽 고향.
♪

문득 무언가를 떠올린 듯 또또는 눈을 반짝거리며 말했다.
"하지만 반드시 이 딱정벌레 때문만은 아니야."

포포가 물었다.

"그럼 무엇 때문이죠?"

그가 대답했다.

"바로 꿈을 위해서지. 큰 부자가 돼서 남쪽 고향집 얼음 창고에 먹을거리를 가득 채워 주는 게 내 꿈이니까……."

"그렇다면 고향이 아주 그리우시겠군요?"

"글쎄, 부자가 되지 않으면 가고 싶지 않은 걸……."

이번에 그의 목소리는 숨이 차오르는 와중에도 아주 당찼다.

"고향에 가고 싶지 않다고요……?"

포포는 그의 변덕을 도무지 이해할 수 없었다. 그가 정말로 고향에 가고 싶은 건지 아님 가고 싶지 않은지를. 그리고 어른들의 마음을 잘 이해할 수는 없지만 때로는 그들을 이해하려고 노력해야 한다는 사실도 깨달았다.

13

황금부리 판매왕

넓은 홀을 빠져나온 포포와 이오는 얼음 동굴 앞에 들어서
자마자 푯말 하나를 발견했다.

슬라이딩 조심

"으아악!"

순간 이오는 달팽이 껍질로 미끄러지면서 아래로 떨어지고
말았다. 어쩔 수 없이 포포도 이오를 따라 긴 터널 아래로 떨어
져야 했다.

터널을 빠져나온 둘은 도착한 곳이 '어떤 중요한 목적으로

만들어진 전시장'이란 사실을 알아챘다. 그곳에는 물이 뚝뚝 떨어지고 있는 얼음 조각상들이 길게 늘어서 있었다. 크고 작은 얼음 펭귄들이 물구나무서기부터 기도하기까지 여러 특이한 자세를 취하고 있었다. 거기에는 '경고: 뜨거운 입김을 세 번 이상 불지 마시오'라는 글씨도 보였다. 어느 순간 물개의 성난 얼굴과 포포의 눈이 정면으로 마주치자 포포는 놀라서 '앗' 하고 소리를 지를 뻔하기도 하였다.

물개는 다행히 가죽이 벗겨져 바닥에 깔려 있었다. 그의 표정은 '제발 머리는 밟지 마세요.'라고 말하는 듯했다.

포포는 무릎이 오싹해져 물개의 머리를 살며시 피해 걸어 갔다. 그는 곧 그곳이 '토슈즈 공장의 역사 전시실'이라는 것을 추측해 냈다. 벽에는 오래된 흑백 단체 사진들이 보였다. 사진 속에는 수십 마리의 일꾼 펭귄들이 있었고 그중에는 포포 또래도 섞여 있었다. 그러나 그들은 하나같이 무표정이었다. 포포는 고개를 돌려 다른 곳을 바라보다 낯익은 사진 하나를 발견해 냈다. 놀랍게도 그것은 토슈즈를 사기 위해 길고 긴 줄을 서고 있는 백조들의 모습이었다. 긴 줄의 끝으로는 비어 있는 액자 여러 개가 벽의 오른편으로 미리 붙어 있었다. 마치 누군가가 앞으로도 계속해서 줄은 길어질 예정이라고 분명히 확신하고 있는 듯.

그곳에는 어느 발레리나 신동의 작은 초상화도 걸려 있었다. 포포가 유심히 보니 그는 바로 발레 교실의 바바 선생이었다. 그의 번뜩이는 눈빛을 확인하고 난 어린 오리의 날갯죽지에는 소름이 돋았다. 얼른 고개를 돌려 다른 쪽을 살펴보니 여러 종류의 토슈즈들이 재질과 무게별로 다양하게 전시되어 있었다. 그중에는 표범 눈 사파이어와 형형색색의 무지개 오팔, 산호가 물결치며 노니는 에메랄드를 비롯해 진귀한 보석 알로만 촘촘히 완성된 특별한 토슈즈가 하나 있었다. 그것은 자물쇠가 달린 커다란 유리 상자 안에 특별히 보관되어 있었는데, 금별과 은별 실로 촘촘히 꿰매진 토슈즈에 매끄러운 리본까지 누가 보아도 한눈에 금방 녹아들 것만 같았다.

포포는 처음 신비부츠를 보았을 때와 비슷하게 그것에 매혹되고 있었다. 좀 더 가까이서 보고 싶어 유리 상자 주변을 뱅뱅 맴돌았다. 하지만 그것을 열 만한 어떤 빈틈도 찾아내지 못했다. 모퉁이에서 겨우 검은색의 'For Kalia'라는 작은 이름표를 발견해 내었을 뿐이었다.

보석인지 신발인지 구분이 되지 않을 정도의 빛으로 그득하게 반짝이는 것을 보니 진귀한 물건임이 틀림없었다. 포포는 생각했다.

'혹시 이 보석 토슈즈가 션티가 말한 보물이 아닐까? 이렇게 내 부츠보다 훨씬 더 빛나고 있잖아.'

포포가 자신도 모르게 유리 상자에 앞날개를 얹었을 때였다. 상자 안 모서리에 붙어 있던 기다란 전기뱀장어가 불빛을 냈다. 빛을 제대로 받은 보석 토슈즈는 이제 저 스스로 공중에서 걷기 시작했다. 공중에서 두 발바닥을 맞추다가 타닥 소리를 내며 차분히 떨어졌다. 그 우아하고 노련한 발놀림은 점점 빨라졌다. 그뿐만이 아니었다.

다닥닥 닥닥 다다닥.

점점 전시실 안쪽으로부터 강렬한 리듬이 밀려오고 있었다. 그들은 또 다른 유리 상자 속 신발들이었다. 이름이 제각기 다른 이들은 모두 자기식대로 리듬을 타고 있었다. 하지만 그들은 '우리도 밖에 나가서 뛰어놀고 싶어'라고 말하는 듯했다. 마치 유리 상자 속이 너무 좁아 갑갑하다는 듯이.

딱딱한 나막신도 따다닥 소리를 내며 박자를 맞추어 주었다. 그들은 자신만의 공간에서 각자 발레부터 브레이크 댄스, 비틀비틀 주정뱅이 흉내까지 냈다. 특별한 형식은 없었으며 마치 축제를 즐기려는 듯 자유로웠다. 어느덧 포포의 신비부츠도 오리의 걸음걸이를 흉내 내느라 들썩거리고 있었다. 우연히 공연 장면을 관람하게 된 포포는 답례로 슈즈 댄서들을 향해 날개 박수를 보냈다.

이오도 더듬이를 흔들며 그들을 성원하고 있었다.

하지만 점차 빛을 잃어 가던 전기뱀장어는 아쉬운 듯 불빛을 깜빡였다. 곧 유리관 속 걷혀진 작은 암막 커튼들도 슈즈 댄서들에게 어서 숨을 것을 요청했다.

포포는 공연을 더 이상 볼 수 없어 안타까웠지만 별다른 도리가 없었다. 자신의 집에 들어가 버린 친구들로 인해 포포의 신비부츠 역시 아쉬워하고 있음이 분명했다.

포포와 이오는 발걸음을 옮겨 반대편의 액자를 바라봤다. 포포는 그냥 지나치려고 했으나, 이오가 하필 그 사진 앞으로 다가가 머뭇대자 같이 들여다보기 시작했다. 그런데 이오가 이번에는 액자에 쓰인 제목을 큰 소리로 읽어 대고 있었다.

"올해의 황금부리 판매왕. 백조 바바."

"꽤액!"

그때까지 차분히 관람해 왔던 오리의 넓적부리에서 저절로 괴성이 새어 나왔다.

바바 선생과 처음 보는 흉측한 거인이 악수를 하고 있는 사진 속 장면이 바로 그가 놀란 이유였다. 사진 속 거인의 몸집은 바바 선생보다 열 배는 크고 뚱뚱해 보였다.

'바바 선생이 토슈즈 장사꾼이었다니!'

이제 포포는 새로운 사실들을 알게 되었다.

'흠, 발레는 사나운 새들로부터의 안전 때문이 아니라 토슈즈 판매를 위한 것이었을지도 몰라.'

포포의 눈앞에는 어느덧 발레 교실의 광경이 선하게 펼쳐지고 있었다. 그리고 과거 토슈즈를 사지 못해 슬퍼했던 어린 오리의 주머니에 손을 찔러 넣어 보았다. 속았다는 느낌과 자신도 알 수 없는 분노와 슬픔들이 점차 한꺼번에 밀려오기 시작했다. 곧 넓적부리가 불쑥 튀어나오더니 흥분한 듯 제멋대로 딱딱대며 씩씩대고 있었다. 오리의 넓적부리는 한참의 시간이 지나서야 겨우 마주 붙어 있을 수 있었다.

'검은 옷 때문에 얼굴이 굳어지고 있는지도 몰라.'

문득 포포는 이런 생각이 들었다.

그는 검은 조끼를 벗었다. 그리고는 '황금부리 판매왕' 액자 위로 그것을 걸었다.

두 명의 초대 받지 않은 손님이 웅장한 얼음 부조가 새겨진 천장을 두리번거리며 전시실에 머무는 사이 저 멀리로부터 어린 펭귄의 노랫소리가 들려왔다. 씩씩하게 온 힘을 다해 부르고 있는 그는 전시실의 청소부였다.

♬
똑딱똑딱 괘종시계 위
앵무새의 노랫말은
설탕 얼음 어린 펭귄들아.
빨리빨리 두 팔 벌려
어서어서 일해야지.
토슈즈를 만들지 못하면
어흥 범고래에게 잡아먹는다.
프레스토 프레스토.
♬

노랫소리와 발소리가 점점 가까이 들려오기 시작했다.

포포는 이오와 함께 얼음 조각상 뒤로 숨었다. 펭귄 청소부는 바로 '계단이 보이는 문'에서 나오고 있었다.

그는 전시실로 나오더니 한쪽 구석에 빗자루를 내려놓았다. 그리고 커다란 벽장에서 두 개의 자루를 꺼내더니 어깨에 짊어졌다. 더러 딸그락 소리가 나는 그것들은 꽤나 무거워 보였다.

'저 검은색 자루, 발레 반장도 똑같이 들고 다녔던 거야.'

포포는 그것이 왜 또 이곳에 있는지 궁금했다. 펭귄 청소부가 검은 자루를 메고 어디론가 사라지자 포포는 얼음 조각상 뒤에 숨겼던 몸을 드러냈다. 그리고는 펭귄이 걸어 나왔던 출입구 앞에 섰을 때였다.

꽈당!

"아얏!"

이오는 얼굴이 출입구에 부딪혀 벌써 쓰러져 있었다. 포포는 그제야 그것이 문이 아니라 액자임을 알았다.

'펭귄이 여기서 어떻게 걸어 나왔을까?'

그동안 토슈즈 공장에는 언제나 문이 보이지 않았다. 반드

시 주문을 외거나 독특한 방법을 써야지만 비로소 방들을 통과할 수가 있었다.

'이곳은 무언가 중대한 비밀로 둘러싸여 있어. 그 때문에 공장 안을 온통 폐쇄적으로 설계했을 거야.'라고 포포는 생각했다.

분명 계단 그림의 액자인데, 그곳에서 그가 나오는 것을 둘은 동시에 눈으로 확인했던 것이다.

'이 액자 속 계단을 내려왔단 말이지.'

이오도 고개를 끄덕였다.

포포는 기이한 액자 너머로 시선을 두며 골똘히 생각에 잠겼다.

14
칼리아 힐의 침실

그때였다.

쓱싹 쓱싹 쓱쓱 싹싹.

어린 펭귄이 전시실 타일 바닥을 빗자루질하며 다가오는 소리였다. 딱정벌레 시계 목걸이의 성화로 공장 청소부가 다시 되돌아온 것이었다.

그 소리에 깜짝 놀란 포포와 이오는 액자의 의문을 풀기 위해 일단 계단 그림 액자 전체를 숨기기로 했다. 깨지지 않게 액자의 모서리를 세워 데굴데굴 돌리며 겨우 옮긴 그들은 펭귄과 멀리 떨어진 것을 확인한 후에야 겨우 한숨을 놓을 수 있었다.

둘은 그렇게 가만히 기대어 쉬는 중이었다. 차가운 바닥에 털썩 주저앉아서.

톡톡 톡.

얼음알갱이 몇 개가 떨어지고 있었다. 그리고 그것은 포포의 얼굴에 부딪혔다.

더듬이를 껍질 속으로 숨기며 이오가 말했다.

"액자 안에서 우박이 떨어지고 있어!"

"뭐라고?"

놀란 포포는 액자를 바라보았다.

액자는 어느새 시계 방향으로 90도 돌아간 상태로 세워져 있었다. 또한 출입구를 상징하는 화살표는 하늘로 향해 있었다. 포포가 액자 속으로 부츠 발을 집어넣었을 때였다. 이상하게도 액자의 표면은 딱딱하지 않았고 서늘한 공기까지 잔잔하게 흐르고 있는 것이 아닌가.

그곳으로 불쑥 들어간 신비부츠는 계단으로 또각또각 올랐고, 금방 포포는 하늘로 향한 창문을 찾아냈다. 우박이 유리 천창에 '타닥타닥' 부딪히는 소리가 들려왔다.

이오의 더듬이도 찬 공기에 의해 좌우로 흔들리고 있었다.

액자 속 공간을 이해한 포포가 말했다.

"액자를 돌리면 되겠어. 우리가 원하는 방향대로 말이지!"

하지만 이오는 이해가 되지 않았다.

"무슨 말이야? 포포."

"이렇게 말이야."

액자에서 다시 나온 포포는 시계 방향으로 한 번 더 90도 돌려 세웠고 벽에 박힌 못에 그것을 단단히 걸어 놓았다.

이번에 화살표는 오른쪽 위를 향하고 있었다.

"이렇게 액자 속으로 공간의 문이 생겨난 거야."

포포는 이오와 함께 계단을 오르기 위해 다시 액자 속으로 들어갔다. 긴 통로로 이루어진 복도를 지나고 지나 그들은 어느덧 하나의 방에 이르게 되었다.

마담 칼리아 힐의 방

Madame Kalia Hill's Room

포포는 문패를 보고 나서 이오에게 속닥였다.

"보석 토슈즈의 주인 이름과 같군. 한번 들어가 봐야겠어."

그 둘은 문에 붙은 원통형 손잡이를 세게 잡아당겼다. 그러자 무언가 '쏙' 하고 빠져나왔다. 그것은 매우 날카로운 얼음 송곳이었다. 포포와 이오는 갑자기 오싹한 기분이 들었다.

공장의 일터보다는 조용했지만 그 방에서 새어 나오는 공기란 심상치 않게 냉랭했다.

그들이 문을 밀고 조심스레 들어간 곳은 바닥과 벽이 전부 얼음인 방이었다. 방 모퉁이에는 큼지막한 검은 항아리가 일렬로 놓여 있었다. 그리고 방의 한가운데에는 황금색과 붉은색 염료로 칠해진 줄무늬 돌 상자가 있었는데, 그 뚜껑 위로는 검은 커튼이 무겁게 내려와 있었다.

'이건 관이잖아.'

자비심 없는 달의 관

Made of Moon Stone

관에는 살아 있는 동물이 들어 있지 않는다는 것쯤은 포포
도 알고 있었다.

그때 조용한 노랫소리가 관 속에서 들려왔다. 아니, 그것은
바로 죽은 사람의 영혼을 위로하기 위한 음악인 '레퀴엠'이었
다. 그 장엄한 음악이 딱 하고 끊기는 순간,

"아함~ 몇 시쯤 되었지?"

'자비심 없는 달의 관' 속에서 들려오는 목소리였다. 관 뚜
껑이 열렸고 누군가가 몸을 일으켰다.

끼덕끼덕 삐거덕 하는 소리가 들려왔다.

머리는 펭귄이고 몸은 철골 마네킹인 형체가 관으로부터
나오고 있었다. 쇠로 만들어진 무릎에서는 스프링 우그러지는
소리가 났다. 그러자 방 모퉁이의 옷장 제일 아래 칸이 열렸다.
그곳에서 검푸른 까마귀 두 마리가 다급히 달려 나왔고, 어느
새 그녀의 신발이 되어 주고 있었다.

삐걱삐걱 소리를 내며 단상의 계단을 겨우 내려왔을 때쯤

까마귀들의 비명 소리가 '까악' 하고 들려왔다. 그녀의 발에서 나오는 것인지 까마귀에서 나오는 것인지 알 수 없는 붉은 핏방울들이 바닥에 '뚝뚝' 하고 몇 방울씩 떨어지고 있었다. 철제 마네킹에 달린 펭귄 머리는 얼룩진 핏자국들을 바라보았다. 또 구두의 앞코를 똑 닮은 그의 커다란 부리는 회심의 미소만을 짓고 있었다.

"그래. 위에서 내려다보는 정경이야말로 최고로 아름답지. 내 발에선 오늘도 뜨거운 붉은 장미가 피어나니까."

"이봐! 넌 누구지?"

포포를 본 펭귄 머리 여자가 물었다.

포포는 대답했다.

"칼리아 힐님? 전 포포 이스트라고 해요."

"포도 토스트라. 음, 누가 유치하게 이름에다 설탕을 뿌려 놨지?"

"……"

"원래 토스트엔 포도를 적시는 게 아니라 굳은 물개 기름을 바르는 게 정석이라고."

포포는 이름 이야기가 나오자 이번에도 역시 부리를 쭉 빼

낸 채 아무 말도 하고 싶지 않아졌다. 이오도 입을 다물었다.

"버릇없이 내 이름을 전부 부르다니. 나는 토슈즈 공장의 상속녀인데 말이야."

"……"

칼리아 힐은 팔짱을 끼고는 거만한 태도로 말했다.

"당연히 오늘이 면접 날인 것을 알고 온 것이겠지. 그럼 바로 시작하겠어."

포포는 날개를 살짝 움츠렸다.

"그러세요……"

"포도 토스트, 도대체 넌 잘하는 게 뭐지?"

포포가 대답했다.

"잘하는 게 꼭 있어야 하나요?"

칼리아 힐은 놀랐다.

"감히, 그럼 너의 가치를 뭘로 증명하지?"

"꼭 제 가치를 증명해야 하나요?"

펭귄 머리의 눈이 휘둥그레지며 대답했다.

"당연히! 그동안 네가 가지고 있었던 딱정벌레의 크기를 말하면 돼. 그래야 내가 이제부터 말을 길게 할지 짧게 할지 결정

할 테니까……."

포포는 공장장 또또를 떠올리며 대답했다.

"너무 큰 딱정벌레 시계는 펭귄들을 숨도 못 쉬게 만드는 걸요."

"걱정 마. 원래 최고는 숨 쉬기를 포기한 자야."

"네? 제가 유일하게 숨을 쉬지 않을 때는 맛있는 것을 몰래 먹는 순간뿐이에요. 혹시 상속녀님도 그런 경험을 한 적이 있으신가요……?"

포포의 대답을 듣고 나서 칼리아 힐의 구두 부리는 점점 일그러지고 있었다. 잠시 후 딱딱거리는 소리로 그녀가 말했다.

"면접 결과가 벌써 나와 버렸군. 험, 넌 탈락이라고!"

"여기서도 낙제로군요. 그럼 제가 그 이유라도 알 수 있을까요?"

"험, 난 친절하니까 알려 주지. 넌 얼이 빠진 것이 틀림없다는 게 이유야."

"제가요? 전 멀쩡해요."

포포는 칼리아 힐을 향해 노란 넓적부리를 쩍 하고 벌려 보였다. 그러자 그녀는 두 발을 동동 구르기 시작했다.

"으앙! 넌 면접관이 좋아하지 않는 태도를 보였잖아. 하늘이 두 쪽이 난다 해도 넌 절대 물음표(?)로 대답해서는 안 되었다고. 너의 그 우스꽝스러운 부리 속 물음표가, 바로 내 성스러운 구두 부리를 몇 번이고 짓밟은 거고……. 그건 바로 네가 제정신이 아니란 증거가 된 거지. 뭐, 어차피 처음부터 이렇게 한쪽 귀를 막고 있었지만……."

포포는 어안이 벙벙했다.

"물음표라뇨? 제가 얼빠졌다는 말은 또 뭐지요?"

"또! 그만하라니까!"

칼리아 힐은 자신의 부리를 감싸 안았다.

하지만 도대체 칼리아 힐이 자신을 향해 왜 그렇게 소리치는지 오리의 머리로는 좀처럼 이해하기 어려웠다. 이번엔 포포가 화가 난 목소리로 말했다.

"이미 한 귀를 막고 있었다면서, 그럼 저에게 왜 질문을 하신 거죠?"

힘이 제법 빠진 칼리아 힐이 대답했다.

"아이~ 대답하기 귀찮아지고 있어. 사실은 말야. 네 부리색이 밝은 똥색이라서 마음에 들지 않았지. 검은색이 조금만이라도 섞여 있었다면 네 부리에 호감을 가질 수도 있었어. 그래, 혹시라도 너같이 물음표를 좋아하는 일꾼들을 실수로 뽑았다면 방법이 있기는 해. 먼저 아주 어려운 노래에 배치시키고, 기계음 속 음표로 만들어 버려야 한다고. 그래서 새 형상이 완전히 사라진 것을 확인한 다음에는 공장 굴뚝 구멍 밖으로 뽑아내 아주 멀리멀리 내쫓아 버려야 한다고 '울 아빠'가 진작 알려 주셨으니까."

포포가 대답했다.

"'울 아빠'는 나쁜 분이시군요."

"아니야. 더없이 좋은 분이셔. 과거에 배고픈 펭귄들을 모두 이곳으로 인도하셨어. 딱정벌레 시계도 최초로 고안하셨고!"

이미 포포의 부리는 말없이 삐져나와 있었다.

갑자기 그녀의 배에서 '꼬르륵' 하는 소리가 들려왔다. 어린 오리의 배에서도 똑같은 소리가 났다.

"칼리아 힐님. 벌써 식사 시간이 되었어요."

그러자 칼리아 힐은 입맛을 다시며 방구석에 놓인 커다란 항아리들을 쭉 둘러보며 말했다.

"요즘 난 폭 삭아 버린 물고기 내장만 먹지! 그리고 저건 아무에게도 주지 않고 있다가 꼭 시커먼 물처럼 퍼져 버리기 일보 직전에 콧구멍을 막고 조금씩 꺼내 먹어야 제맛이고."

그녀는 제일 커다란 항아리로 다가가 뚜껑을 열었다. 그리고는 매끈한 손톱으로 찍은 검은 알을 오리에게 내밀었다.

축축한 알갱이들이 오리의 발등에 뚝 하고 떨어졌다.

담담한 표정으로 포포가 대답했다.

"아뇨, 이건 전부 썩었어요. 전 사실 말린 것보다도 금방 낚시터에서 가져온 싱싱한 물고기를 제일 좋아하는 걸요."

포포는 같은 음식을 좋아하는 이를 평소에 만나는 것을 큰 행운이라고 생각해 왔던 터였다. 끔찍한 냄새에 질려 버렸는지 이오도 고개를 돌리다 못해 그의 껍질 속으로 숨고 있었다.

15
까마귀 힐

그때 매끄러운 벨벳 소파에 기대앉은 칼리아 힐이 발뒤꿈치가 불편한 듯 퉁명스럽게 내뱉었다.

"이 까마귀 힐은 얼마 되지도 않았는데 또 이러네. 아이, 또 쓰러져 버렸어."

까마귀 두 마리는 이미 온몸과 두 다리로 버티다 못해 바닥에 쭉 하고 일자로 뻗어 있었다. 곧 어디선가 날갯죽지가 생생한 까마귀들이 나타났고 쓰러진 두 마리를 질질 끌고 나갔다.

잠시 후 흰 아이라인을 두껍게 칠한 까마귀 한 쌍이 달려 나오더니 칼리아 힐의 발바닥을 등에 올리고 힘껏 떠받들기 시작했다.

"너무 낮잖아, 더 올리도록!"

그녀가 소리를 지르자, 까마귀들은 고개를 숙이고 꼬랑지를 최대한 하늘로 들어 올린 자세 - 엎드려뻗쳐 자세 - 를 취했다.

"좀 더!"

"까 까아!"

"더 높이!"

"까아아아악!"

방 안에는 까마귀 털이 온통 흩날리고 있었다.

그 모습은 마치 겨울을 앞두고 늦가을에 흩뿌려지는 메마른 낙엽들과도 같았다. 특히 까마귀 머리 주변의 털은 대부분 뽑혀져 있었고, 눈가는 흰색 아이라인 주변의 얼룩과 함께 엉망이 되어 버렸다.

똑같이 생긴 까마귀 둘은 이렇게 속닥였다.

"이렇게 울음을 참지 못하다니. 제대로 폼이 나지 않잖아."

"네 말대로 여기서 우는 건 우리의 할 일이 아니지."

그들의 대화를 엿들은 칼리아 힐은 얼음 바닥 위에 뿌려진 윤이 나는 검은 깃털들을 한참이나 바라보았다. 그리고 구두형 부리를 쩍 벌리고는 큰 턱을 떨며 자지러지게 웃어댔다.

까마귀 힐을 질질 끌고 힘겹게 다가선 그녀는 검은 날치 알이 입에 묻은 이오를 한 번 노려보더니, 이번에는 포포를 위아래로 훑어보기 시작했다. 그러더니 오리의 발쯤에서 시선이 멈추었다.

그녀가 포포에게 물었다.

"흠! 그나저나 그건 참 보기 드문 신발이로구나. 한 번만 벗어 볼래? 내가 직접 신어 봐야겠어."

꽁꽁 얼어붙은 얼음방 안, 이미 포포의 신비부츠는 북극곰 털과 같이 하얗게 복슬거리고 있었다.

칼리아 힐은 점점 눈이 휘둥그레졌다.

"자, 어서 부츠를 벗도록!"

그녀는 살모사를 닮은 다홍색 긴 혀를 꺼내더니 위아래 입술에 침을 계속 바르며 포포를 재촉했다.

포포의 부츠 뒷굽이 때마침 벗겨질 듯 '탁' 하고 바닥 위로 떨어지는 소리를 냈다.

이제 어떤 말을 하기로 결심을 내린 맑은 눈동자의 포포는 오히려 그녀에게 되묻고 있었다. 조금 전보다 더 진지하고도 정중한 몸짓으로 말이다.

"토슈즈 공장의 상속녀 칼리아 힐님, 혹시 황금호수의 보물이 있는 곳을 아세요? 꽤액 꽤액."

"……꽤액?"

포포의 부츠를 유심히 살피고 있던 그녀는 갑자기 얼굴을 감싸 쥐고 말았다. 두껍게 칠한 보라색 입술은 씰룩거리다 못해 덜덜 떨리기까지 했다. 그러자 입에서 딱딱거리는 소리가 점점 커졌다. 급기야 턱은 헐렁거리며 좌우로 세차게 흔들리기 시작했다.

"오, 세상에! 부츠를 신은 오리라니! 이건 마법거인의 잘못이야!"

그녀는 절규하듯 외쳤다.

포포는 무안해졌다.

"마법거인이라뇨. 숲 속에는 주인 없는 수레만이……."

이제 커다란 펭귄 머리 전체는 진동하다 못해 저 스스로 돌아가고 있었다. 그 속에서는 괴괴꿍 하는 소리가 흘러나왔다.

그녀가 말했다.

"신비부츠는 날개 달린 새는 절대로 신어서는 안 된다고! 네가 어떻게 그것을."

"상속녀님은 이 부츠에 대해서 많이 알고 계시군요."

갑자기 기억을 더듬는 듯 두 손으로 눈까지 가린 그녀가 말하길,

"맞아. 지난번 거인이 잃어버렸다는 그 보물……. 그럼 그게 바로 네 짓이로군!"

이번에는 포포가 고개를 저었다.

"이 부츠는 황금호수의 진짜 보물이 아니에요."

하지만 흥분한 칼리아 힐이 좌우를 돌아보며 외쳤다.

"여기 '좀도둑'이 있어! 세상에 찌질하게도, 아직도 한 점씩 훔쳐 내는 도마뱀스러운 녀석이 또 있었다니."

포포 어깨 위의 이오는 갑작스러운 그녀의 고함에 놀라 자신의 등껍질 속으로 쏙 들어갔다.

"저 오리를 반드시 굴뚝 구멍으로 뽑아내야 해!"

이렇게 말하며 칼리아 힐은 포포를 잡기 위해 얼른 자신의 쇠 스프링 팔을 퉁 하고 내뻗었다. 순간 포포는 그녀의 위협적인 갈고리 손을 겨우 피했다. 냉기로 둘러싸인 얼음 침실에서는 삐걱삐걱 뒤뚱뒤뚱 사각사각하는 소리가 울려 퍼지고 있었다.

물론 처음부터 그들은 초대 받지 않은 손님에 결코 친절하

지 않은 주인이었다. 하지만 지금 그들은 어느 누가 보아도, 방안을 빙빙 돌며 술래잡기로 신이 나 있는 친구 사이처럼 보였다.

그러나 곧 칼리아 힐의 무릎에서는 나사못 하나가 빠져나왔다. 그러자 그녀는 바닥에 퉁 하고 고꾸라지고 말았다. 마침 동시에 왕사탕만한 보석 초커 목걸이가 뚝 하고 끊어졌고 얼음방 바닥에 알알이 흩어졌다.

칼리아 힐은 새파래진 얼굴을 하고는

"오, 그동안 내가 유일하게 미더웠던 녀석이, 어쩌지. 가슴속이 끊어질 듯 아파오잖아……."

라고 말했다.

그녀가 진심으로 슬퍼하는 목소리로 말했다. 자신의 떨어져 나간 무릎 따위는 보려고 하지도 않고.

어느새 포포를 공격하려던 처음의 생각도 사라져 버린 것일까. 쓰러진 자리에서 칼리아 힐은 오직 보석 알만을 줍기 위해 철골 마네킹 상체를 뒹굴거렸다. 그러나 두 개의 스프링 팔은 점점 탄력을 잃은 채로 뒤엉켰다.

이때 문을 열고 다급히 들어온 키 큰 펭귄 부하들이 칼리아 힐에게 다가갔다. 그러나 그들은 미처 커다란 보석 알을 발견하지 못하고 그것들을 밟고 미끄러지고 말았다.

포포는 갑자기 밀어닥친 장정들을 보고 깜짝 놀랐다. 오리는 이제 계단 위 '자비심 없는 달의 관'을 향해 달려가기 시작했다. 이때 그의 털 부츠는 마치 계곡을 넘나드는 임팔라 뒷다리와 같이 힘찼다.

어느새 순식간에 미끄러지듯 관 뚜껑 위로 무사히 올라탄 포포와 이오였다.

덜컹 철커덕.

쇠 경첩이 무게를 이기지 못하고 뜯어졌다. 그들은 다시 관 뚜껑째 얼음 바닥 위로 내려졌다.

"어디론가 가야 해. 이오!"

한편 넘어진 펭귄 부하들도 하나둘 일어서려 하고 있었다. 하지만 제자리에서 계속 뱅글뱅글 돌 뿐 아무리 해도 그들은 침입자들을 따라갈 수가 없었다. 그동안 찌운 펭귄의 두터운 뱃살이 문제였다. 일렬로 굽이굽이 길게 늘어선 그들은 한참 동안을 가만히 뒤집힌 채 그곳에 누워 있어야 했다. 아무도 만지고 싶지 않을 검고 탱탱한 창자와 같은 모습으로.

칼리아 힐의 철골 마네킹 몸도 얼음 위에서 계속 퉁퉁 소리를 내며 뒹굴고 있었다. 하지만 소리에 비해 움직임은 별로 없었다. 그때, 칼리아 힐의 몸에 박혀 있던 나사못들이 일제히 여기저기서 빠져나오기 시작했다. 팔다리, 몸통은 하나둘 슬슬 따로따로 떨어져 나가더니 방의 사방 모서리로 가서 처박혔다. 유일하게 차분해진 그녀의 커다란 펭귄 머리만이 초조한 목소리로 중얼거릴 뿐이었다.

"종일 제자리를 지키고 있어야만 하는 나에게 하루의 아픔이란 '까마귀 힐'의 높이만으로도 충분하다고……."

그런데 방 안에는 일렬로 누워 있는 살찐 펭귄 부하들 여럿과 칼리아 힐을 두고 난감한 듯 저마다 팔짱을 끼고 바라보는 이들이 있었다. 그들은 바로 칼리아 힐의 발 아래에서 방금 전까지 눌어붙어 있던 검은 까마귀들이었다.

16
눈물이 흐르는 목욕탕

"도둑 오리다!"

수십 마리의 펭귄 공장원들이 순식간에 칼리아 힐의 방 안으로 밀어닥쳤다. 검은 옷을 입은 그들은 하나같이 목에다 딱정벌레 목걸이를 걸고 있었다. 그런데 펭귄 공장원들은 포포와 이오를 발견하자 잠시 혼란에 빠지고 말았다.

"내 눈이 벌써 어두워진 건가? 지금 저 아이의 시간을 통제할 수 있는 게 아무것도 보이지 않아."

"도대체 저 아이의 음계장이 누구야?"

"몰라. 내 음계 관할은 아니니까."

"그러니까 어서 저 노랑부리의 목에 딱정벌레 시계를 걸어 버려!"

칼리아 힐이 소리쳤다.

어린 오리와 달팽이는 운 좋게도 시끄러운 대화 중에 다른 곳으로 빠져나가는 입구를 금방 발견해 내었다. 둘은 칼리아 힐의 관 뚜껑에 올라탄 채 여러 개의 입구 중 하나의 얼음 통로 속으로 쏙 하고 들어갔다.

그런데 갑자기 강한 물살이 사방으로 흘러들어 왔다. 그들의 유일한 의지처인 관 뚜껑 속으로 물이 다 들어찼을 때에 둘은 그만 어디론가 떨어지고 말았다.

풍덩! 보글보글 꿀꺽꿀꺽…….

이것은 오래간만에 물과 만난 오리의 소리였다. 포포는 원래부터 '수영'이란 녀석을 이겨 본 적이 없었다. 그가 모든 힘을 짧은 두 다리에 실어 보냈지만 두려움은 점점 오리 부리를 물속으로 내리눌렀다. 그곳에서 그는 아무런 저항도 하지 못하고 있었다.

"물에서는 그저 뗏목처럼 되려무나."

이는 분명히 오리의 귓가에 속삭이는 소리였다. 물속에서 포포는 눈을 떴다. 하지만 아무도 없는 것을 확인하곤 힘없이 다시 눈을 감았다. 젖은 솜처럼 늘어진 몸뚱이는 점점 고독해지고 있었다.

포포는 자기도 모르게 마음속으로 절망의 말을 내뱉고 있었다.

'이러다가 결국은……'

이때 저 멀리 수면에서 언젠가 뗏목에서 보았던 노 하나가 들락날락하는 것이 보였다.

'혹시……?'

하지만 기대를 걸었던 그 노 역시 거대하게 출렁거리는 물 위로 곧 거두어졌다. 이오는 어디 있는지 잘 보이지 않았다.

"날개 달린 새는 결코 잠수하는 법을 배우지 않아!"

그때 갑자기 장대한 목소리가 물살을 뚫고 사방으로 울려 퍼졌다. 깊은 어둠 속을 거침없이 들어오고 있는 그것의 힘은 결코 약하지 않았다.

"당신은 누구시죠?"

"난 생명을 살리는 빛이다."

"……"

포포는 온몸이 떨려 오는 것을 느끼고 있었다.

환한 빛은 다음과 같이 말했다.

"어둠은 결코 믿을 것이 되지 못한다. 오리의 다리를 어서 자유롭게 해 줘!"

물속의 목소리가 점차 작아지고 있을 때였다. 포포는 자신을 짓누르는 물의 힘이 점차로 약해지고 있음을 느꼈다. 자신의 키보다 한참이나 높은 물속이었지만 포포는 용기를 내어 부츠를 움직여 보았다.

풍덩풍덩.

힘찬 물장구 끝에 포포는 비로소 수면 위로 오를 수 있었다. 그를 물 위로 밀어 올린 것은 자신의 두 발이 아닌 바로 빛의 목소리였음을 어렴풋이 깨달은 후였다. 곧 포포는 달의 관 뚜껑 안에서 떨고 있는 달팽이 이오와 다시 만날 수 있었다. 용기를 얻은 그는 있는 힘껏 두 날개를 노처럼 저으며 나아가기 시작했다. 거센 물살을 이기기에 오리의 날개는 몹시 작았지만, 신기하게도 그들은 점점 앞으로 나아가고 있었다. 한편, 포포의 부츠가 어느새 바람을 넣은 수세미와 같이 부풀어 있음을 발견한 이오는 조용히 곁눈질하며 그의 발 주변을 맴돌기도 했다.

온종일 물로 인해 지쳐 버린 둘에게 점점 졸음이 쏟아졌다.

그들은 칼리아 힐의 관 뚜껑에만 의지하고 있었고, 그렇게 누운 채로 막막히 떠가고 있을 뿐이었다. 얼마의 시간이 지났을까.

똑 똑 똑.

차가운 물방울들이 그들의 뺨 위로 몇 방울 떨어졌다. 그 맛은 소금물같이 짰다. 동시에 정신을 차린 둘은 놀란 표정으로 사방을 두리번거리기 시작했다. 그곳은 꼭 거대한 공동목욕탕처럼 보였다. 천장은 아주 높았고 벽은 석회타일로 장식되어 있었으며 청회색 마블무늬의 대리석 탕은 여러 군데로 나뉘어져 있었다. 파란 물결의 파도가 수시로 치는 거대한 바다식의 목욕탕이었는데, 탕 안에는 수많은 조개들이 둥둥 떠 있었다. 그런데 빛이 조금 드는 한쪽 천장의 구멍으로부터 슬픈 음악이 들려왔다. 천천히 물 위를 향해 떨어지는 음률을 듣고 있던 조개들은 고이 머금었던 구슬을 입으로 푸 하고 뱉어 내었다. 흰 방울꽃 같은 진주들이 물 위로 그득하게 채워지고 나서였다. 그러자 한쪽 구석에서 일하던 펭귄들이 다가와 진주를 그물로 건져내기 시작했다. 무심하고도 굼뜬 몸동작으로. 마지막으로 그들은 물고기 가시
들을 담아온 소쿠리를 조개
들을 향해 휘휘 휘둘러 댔다.

포포는 구석에서 눈물을 흘리고 있는 한 조개를 발견했다.

"조개야. 왜 울고 있니?"

조개는 입술을 떨었다.

"넌 조개가 아니잖아. 그렇다면 나를 이해하지 못할 테지."

"아니, 이해할 수 있을지도 몰라. 나도 어떤 슬픔을 느낀 적
이 있거든."

그러자 조개는 대답했다.

"조개는 매일 울지 않으면 진주를 만들 수 없어. '슬프게 울
기'가 바로 내 일이야."

포포는 놀라서 물었다.

"조개야, 울지 않아도 진주를 만들 수 있는 곳이 반드시 있
을 텐데. 그곳으로 가서 살면, 네가 더 이상 불행해 하지 않을
지도 몰라."

조개는 고개를 저었다.

"그렇지 않아. 여기가 내가 있어야 할 곳인 걸. 저기서 흘러

나오는 음악으로 마음이 몹시 찢어질 듯 아파 올 때쯤, 내 몸 속에선 뽀얀 구슬 살이 조금 돋아나지. 진주가 된 살은 바로 나의 영혼과도 같으니까……."

그때 더욱 애잔한 노래가 천장으로부터 울려 퍼지기 시작했다. 조개들은 일제히 울어 대기 시작했다. 일순간 조개의 입에서 '또르르' 하고 진주가 떨어졌다. 포포가 이를 받아 냈다.

"그래. 진주는 참 아름다워……."

조개의 눈에서 눈물이 길게 흘러내렸다.

그가 조용히 말했다.

"이 슬픔이야말로 곧 나의 기쁨이 될 거야."

어느덧 오리의 눈에도 눈물이 고이고 있었다.

"정말? 네가 그렇게 아픈데도?"

조개는 대답했다.

"응. 아픔은 언제나 그 아픔 속에 머물지 않거든……."

포포는 그에게 물었다.

"너의 진주를 펭귄들이 모두 가져가 버려도 말이니?"

"주어진 시간 속에서 기꺼이 배울 수 있는 게 있다면, 사실상 우리가 빼앗기는 것이란 없어."

"……"

포포는 그 말뜻을 알 수 없었기에 고개를 저었다.

"네가 언제든 마음으로 조개가 될 수만 있다면 나를 이해할 수 있을 거야."

그가 딱딱한 조가비 속의 입을 천천히 움직이며 말하고 있었다.

포포는 조개가 사랑스러웠다.

"그래도 나와 함께 갈래, 조개야?

이번에는 조개가 말을 잇지 못했다.

"……"

그때 멀리서 거인의 발걸음 소리처럼 바닥을 쿵 하고 찍는 소리가 들려왔다. 순간 조개들의 목욕탕에는 거대한 파도가 일기 시작했다. 철썩 하고 수면 위로 작은 회오리가 돌았다. 금세 수많은 조개들은 입을 다물었고 일제히 바다 깊숙이 잠수할 준비만을 하고 있었다. 짧은 시간이었지만 그들은 나선을 타고 뱅글뱅글거리며 자취를 감추고 말았다. 어린 오리가 탕속을 향해 힘껏 소리쳐 보았지만 아무도 대답하는 이는 없었다. 내려다보는 포포의 목이 점점 무거워졌다. 문득 주위를 둘러보자 빛나지 않는 색으로 칠한 높다란 벽면이 수수하고도 아름다웠다. 그러나 저 높이 천장에서 흘러나오는 음악은 여전히 슬펐다. 주저앉아서 목욕탕 천장으로부터 똑똑 떨어지는 물방울 소리를 한참 동안 듣고 난 뒤에야 포포의 마음은 점차 고요해질 수 있었다.

잠시 후 빈 조개 껍데기 하나가 힘없이 물 위로 떠올랐다. 주머니에 진주알을 넣은 어린 오리 포포는 그제야 '이별의 시간'을 깨달았다.

17
신비부츠보다 더 귀한 보물

공장 안을 헤매던 포포는 때마침 검은 자루들을 주렁주렁 매달고 있는 낙타를 발견했다. 처음 공장의 입구에서 만났던 낙타였다. 포포는 낙타 몰래 조용히 검은 자루에 매달렸다. 이오도 포포를 따라 작은 자루에 꼭 매달렸다. 다시 토슈즈 공장 밖으로 빠져나가기 위해.

낙타는 여전히 그들의 존재를 알아채지 못하고 있었다. 그런데 포포의 귀에 어디선가 '째깍째깍' 하는 소리가 선명하게 들려왔다. 소리가 나는 그곳은 바로 검은 자루 속이었다. 언젠가 발레 학교의 쓰레기장에서 보았던 자루와 똑같은 모양의. 포포가 거기에 귀를 기울이는 동안 이번에도 낙타는 모래벽

앞에 멈춰서서 주문을 외쳐 댔다.

"펭귄 공장의 하수구는 오아시스보다 맑게 흐르는도다!"

그러자 바위와 같이 단단했던 모래벽이 한참 동안 출렁거리더니 모래 그물코가 격자로 넓어졌다. 그들에게 또다시 바깥세상으로 나갈 수 있는 문이 생겨난 것이었다.

"이번에도 역시 이상한 주문이로군."

포포는 검은 자루에 매달려 중얼거렸다. 낙타는 유유히 그곳을 걸어 나왔다. 포포와 이오는 공장 밖으로 나오자 이내 자루에서 뛰어내렸다. 그리고는 낙타와 반대방향으로 빠르게 걷기 시작했다.

길 없는 모랫길을 그들은 아무런 이정표도 없이 걷고 있었다. 호수 외에는 경험이 없던 포포는 모래에 대해 아직 잘 알지 못했다. 부츠 발이 푹푹 빠지는 것이, 사막의 모랫길은 호숫가의 흙길보다 훨씬 더 걷기 힘들었다. 태양은 계속해서 뜨거웠고 모래벌판은 열기가 점점 오르는데도 언제까지나 자신의 몸을 태양빛에 내맡긴 채 있으려 했다. 달팽이 이오는 이제 자신의 몸이 저 드넓은 사막의 모래알로 남게 될지도 모른다는 공포에 떨기 시작했다. 그때 사막 저편에서 노랫소리가 들려왔다.

"사막의 모래알과 같이 하나된 우정으로, 으쌰! 사막의 오아시스 같은 소중함으로 남을 수 있기를, 아자!"

용맹한 선인장 전사 무리였다. 몸은 전부 녹색이었고 날카로운 가시로 무장하고 있다는 것이 그들의 공통점이었다. 머리에 붉은 꽃 장식을 한 여전사, 짧고 오동통한 몸매, 무서운 가시를 가진 키다리까지 제각각의 모습이었다. 솜털이 그득하고 여러 개의 방망이머리를 한 어린 전사도 있었다.

포포와 이오는 이 전투적인 무리의 앞을 초조한 표정으로 걸어야 했다. 잔뜩 겁이 나서 늘 해 오던 인사는 꿈도 꾸지 못한 채.

그때 근육질 선인장이 네 겹의 가시를 세우며 물었다.

"꼬마야, 물도 없이 이 메마른 사막을 어찌 건너려고?"

그는 왼손으로 오른쪽 어깨 위에 달린 혹 덩어리 하나를 뚝 떼어 내더니 포포에게 주었다.

포포는 근육질 선인장이 건넨 덩어리 안의 고인 물을 바라보았다. 그러더니 그것을 먼저 이오에게 먹였다. 이오가 입을 흠뻑 적시고 나자 포포는 남은 물을 마셨다.

선인장 무리들은 이 어린 오리의 행동을 보고 모두 깜짝 놀랐다.

'세상에! 오아시스 같이 귀한 아이야.'

그들 중 한 명이 말했다.

"저기 저 너머에 소라 건물이 생기고 나서 물 구경할 일이 뜸해졌지."

또 다른 이가 흥분한 듯 맞장구쳤다.

"그 덕분에 이렇게 몸이 바짝 말라 가고 있지 뭐예요?"

포포가 그들의 대화에 끼어들며 말했다.

"그럴 거예요. 저곳은 '토슈즈 공장'이니까요."

선인장 무리는 웅성대기 시작했다.

"웬 토슈즈?"

"발레? 백조들이 한다는?"

포포가 말했다.

"네. 그 토슈즈가 맞아요. 그리고 지금 저희는 '황금호수의 보물'을 찾고 있어요."

포포의 말을 들은 선인장 무리가 대답했다.

"이 사막에서 보물을 찾겠다고? 깔깔깔."

"그나저나, 꼬마야. 혹시 네가 찾는 그 보물이 이 땅의 '지독

168

한 갈증'을 해결해 줄 수 있을까? 우리는 세상에서 그게 제일 두려워서 말이지."

포포가 대답했다.

"글쎄요. 저도 아직 그것이 뭔지는 모르는 걸요."

포포는 물을 준 선인장들에게 공손히 감사 인사를 하고 다시 이오와 함께 길을 떠났다. 포포가 뒤를 돌아보자 선인장 전사들은 가시를 과시하며 또다시 노래를 불러 댔다. 한껏 흥분한 그들은 어깨동무까지 하고 커다란 사막 언덕을 넘고 있었다. 하지만 곧 서로의 가시에 몸이 찔리자 잔뜩 인상을 쓰며 따로 떨어져 걸었다.

사막의 모래바람이 계속해서 그치지 않고 불어오자 길은 좌우로 이리저리 구부러지며 보이다 사라지기를 반복했다. 태양은 더욱 뜨겁게 내리쬐었고 갈수록 풀 한 포기조차 보이지 않았다. 부츠 신은 오리와 그의 어깨 위 달팽이는 함께 여행한 지 꽤 여러 날이 지났다는 사실을 알았다. 그들은 이제 몸을 가누기가 어려울 정도로 갈증이 났다. 이오의 동그랗게 말린 등껍질은 햇볕에 바짝 마른 지 오래였다. 하지만 물이 있는 곳이란 그 어디에도 보이지 않았다.

콰르르.

사막 저편에서 거친 모래 폭풍이 한 차례 막 일고 나서였다.
포포는 갑자기 호수나 연못과 같은 '물 천지'가 저곳에 있을 것
이라는 확신이 들었다.

"이오! 우리가 찾던 물이야!"

부츠를 신은 오리는 온 힘을 다해 모래 위를 달려 나갔다.

그곳은 분명 깊이 파여진 오아시스였다. 주위의 열매가 달
린 나무들도 웃으며 고개를 끄덕이는 듯했다. 맑고 시원한 물
은 중심부로부터 계속해서 콸콸 솟아올랐고, 떨어진 코코넛
열매는 물 위로 둥둥 떠다녔다. 포포는 한껏 흥분해서 신비부
츠를 벗었다. 그리곤 물웅덩이 안으로 들어가 부츠로 물을 뜨
기 시작했다.

그는 환호를 지르며 이렇게 생각했다.

'백조들이 옳았어. 사실 뭐든지 할 수 있는 부츠보다 더 귀
한 것은 없지. 바로 이 신비부츠가 황금호수의 진짜 보물이었
으니까!'

그런데 그때였다.

부츠 안에 고여 있던 새파란 물이 짙은 노을빛 모래알로 변

하기 시작했다. 그뿐만이 아니었다. 포포는 오아시스 전체가 순식간에 메마른 모래밭으로 변해가고 있다는 것을 알아차렸다. 흐르는 물 대신 흩날리는 모래로. 높이 뻗어 있던 나무 역시 알알이 아래로 부서져 내렸다. 포포는 전에 집에서 떠나오기 전에 보았던 웅대한 겨울 호수처럼, 순식간에 광대한 모래 호수가 펼쳐지고 있는 장면을 정면으로 마주해야 했다. 곧 편평해진 황색 모래의 호수 속으로부터 무엇인가가 떠올랐다. 그것은 모래 동상이었다.

'내가 아는 백조인가?'

포포는 유심히 그 모래 동상을 살폈다. 모래밭 위에 토슈즈를 신고 또각또각 걷고 있는 동상의 모습은 바로 넓적부리 오리였다. 그는 풀쩍 하고 점프도 할 수 있었고, 굳어진 표정이었지만 다리도 제법 높이 들어 올렸다.

이오가 말했다.

"포포, 네가 저기서 춤을 추고 있잖아?"

놀란 포포는 제일 먼저 자신의 발을 살폈다. 하지만 신비부츠는 이제 그의 곁에 없었다. 모래 위의 오리 발레리나가 모래밭에서 제자리 돌기를 마칠 때였다. 갑자기 모래호수가 빙글 빙글 돌기 시작하더니, 제일 먼저 오리 발레리나의 머리를 무너뜨렸다. 그리고는 중심부로 오리의 몸통과 꼬리 모두가 모래 알갱이가 되어 빨려 들어가고 있었다. 포포가 찾던 신비부츠도 어느새 모래 웅덩이의 중심부로 향하고 있었다. 포포는 멀어져 가는 부츠를 잡기 위해서 그의 몸을 전부 내던져야 했다. 모래가 금방 오리의 가슴까지 차올랐다.

'저 신비부츠만은 꼭 건져 내야 해! 태어나서 처음으로 했던 션티와의 약속이니까.'

포포가 모래 늪 속으로 뛰어들어 가 쓸려 가는 부츠 한 짝을 겨우 낚아챘을 때였다. 순간 소용돌이가 멈추었다.

"……!"

무척이나 놀라고 긴장했던 포포는 모래 위에 털썩 주저앉아 엉엉 울기 시작했다. 목을 놓아 울게 된다면, 당장 좋은 일이라도 생길 것 같은 예감이 들었기 때문이었을까. 울다 지친 포포는 모래 위에 얼굴을 묻고 눈을 꼭 감았다. 또다시 그곳은 모래 산이 수없이 펼쳐져 있는 사막이었다. 오렌지색 건조한 공기는 어떠한 물체든 전부 휘감아 바짝 말려 버릴 기세였다. 그런데 저쪽 모래 언덕 너머로 돛을 달고 오는, 빛으로 둘러싸

여 있는 물체가 보였다. 뗏목이었다. 하지만 역시나 머리카락에 가려 뗏목 주인의 얼굴은 잘 보이지 않았다. 돛을 달고 바람을 타고 온 뗏목 소녀, 그 모습은 바로 션티였다.

"일어나……. 포포."

젖은 맨발이 뗏목으로부터 모래밭을 걸어오고 있었다.

뿌드득 사각사각 모래알 부딪히는 소리가 들려왔다. 포포의 울먹이듯 쉰 목소리가 말했다.

"션티, 전 너무 지쳤다고요. 이제 몸에는 아무런 힘도 남아 있지 않아요. 또 저 때문에 피곤해하는 친구의 모습을 좀 보세요."

포포는 등껍질이 마른 이오가 가여웠다. 자신이 모든 길을 이끌고 있지만, 그것이 친구에게 고통만을 주고 있는 사실이 괴로웠다. 언제부터일까? 포포의 안에는 자신만이 아닌 다른 이의 입장까지도 생각해 보는 마음이 자리하고 있었다. 이제는 어떤 일의 반대 측면까지 생각할 수 있게 됐다는 것이 호수의 집을 떠나온 후 확연히 달라진 점이었다. 다른 이를 아프게 할 땐 오히려 반대로 자신이 더 아파 오고 있었다. 어떤 날은 기분이 날아갈 듯 한껏 들떴다가도, 어느새 마음속 깊은 곳에 어두움이 둥지를 틀고 있는 것을 느끼곤 했다. 이제 그는 자신의 마음속에서 시시각각 벌어지는 대립의 현상을 그저 가만히 바라볼 수밖에 없었다. 그랬기 때문일까, 포포에게는 기쁨도 슬픔도 동시에 일어나는 현상이 되어 버렸다. 생의 거창한 꿈을 기대했다가도 그것이 잘 이루어지지 않을 것처럼 보일 때에는 극도로 실망에 빠지고 말았다. 그렇게 포포는 신비부츠를 가지게 된 후에 세상을 모두 가진 듯 한껏 행복감에 사로잡혔지만, 별안간 무심해지기까지 하는 시소 놀이와 같은 마음의 장난을 알게 되었다.

어떤 한 곳을 향한 집착은 그에게 이제 아무런 의미가 없었다.

션티는 포포의 머리에 손을 얹었다.

"네가 느끼는 고통은 축복의 또 다른 모습일 뿐이라는 것을 알아야 한단다."

포포는 또다시 울음을 터트리고 말았다.

"몰라요. 모두들 신비부츠만을 탐내고 있을 뿐이에요. 션티가 말한 '황금호수의 보물'은 이 세상 어느 곳에도 보이지 않았어요."

"하지만 그것을 믿는 자에게는 분명히 존재하는 게 사실이지."

"전 그동안 그 보물이 있다고 믿었기에 여기까지 왔어요. 그런데 이 요상한 부츠 때문에 몸은 반대로 점점 괴로워지고 있어요."

"포포. 그럼 숲 속에서 그 신비부츠를 왜 성급히 신어 버렸지?"

포포는 션티의 질문에 머뭇거렸다.

"그, 그건, 너무도 아름다웠으니까요."

"그렇다면 넌 아마도 그것의 가치를 느꼈기 때문일 거야. 그렇지?"

"네. 부츠의 아름다움은 절 행복하게 해 주었어요."

션티가 말했다.

"또, 몸의 고통은 곧 네가 이상을 추구하고 있다는 증거가 되는 거야. 부츠를 가진 이상 너는 그것에 대해 책임을 다해야 해……"

"부츠에 대한 책임라고요? 저에게요?"

포포는 좀처럼 이해할 수 없었다.

그는 다시 션티에게 물었다.

"그렇다면 제가 할 수 있는 일이 무엇이죠?"

"그것은, 신비부츠를 만든 이의 마음을 진정 헤아려 주는 것뿐……."

포포가 앉은 마른자리에는 눈물방울이 뚝뚝 떨어지고 있었다.

"션티, 전 이만 백조의 호수로 돌아가겠어요. 이제 다른 백조들처럼 토슈즈 신고 발레를 하며 살 거라고요."

"넌 나와의 약속을 지키려고 노력했어. 그 노력들은 이제부터 너 자신을 지켜 줄 거야. 넌 지금까지 해 왔듯이 또다시 '자신만의 길'을 가는 거고. 또, 때가 되면 모든 고민들은 저절로 사라질 테니까. 열매가 맺힌 후 꽃이 떨어지듯. 일순간에……."

션티의 목소리에는 강한 힘이 느껴졌다.

포포 이스트는 흐르는 눈물을 닦으며 소녀 션티를 정면으로 바라보았다. 비로소 처음으로 그의 얼굴을 볼 수 있었다. 아치형의 큰 눈썹과 함께 아기처럼 맑은 눈, 작고 곧게 뻗은 코, 그리고 미소를 띤 붉은 입술하며…….

"무엇보다도 포포, 처음부터 네 자신이 무엇을 원했는지 절대 잊어서는 안 돼. 한 포기의 풀이라도 자신의 꽃을 피우기 위해서는 거대한 비바람이 몰려오는 것도 두려워하지 않으니까."

온화한 미소가 울고 있는 어린 영혼에게 타이르는 말들이었다. 션티는 선 채로 포포를 계속 바라보기만 했다. 그 모습은 모래바람보다 메마른 듯 보였다. 하지만 그것은 가르침을 위한 그녀만의 방식일 뿐이었다.

어느덧 모래 오아시스는 사라지고 없었다. 원래대로 돌아온 평평한 사막 모래땅 위에는 짝을 찾은 신비부츠 한 켤레만이 가지런히 놓여 있을 뿐.

이 모든 사막의 신기루를 목격한 이오만이 한참 동안을 혼란스러워해야 했다. 그것은 아름답기만 한 신기루가 아니라 현실보다도 더 격렬했던 광경이었기에. 달팽이는 고개를 좌우로 세차게 흔들어 댔고 계속해서 두 눈만을 깜빡거리고 있었다.

18

계단 없는 어둠의 산

머리 긴 소녀 션티는 뗏목 위로 사막의 꼬마 여행객을 태우기 위해 손짓을 했다. 작은 달팽이와 함께 부츠 신은 오리는 이번에도 뗏목 위로 사뿐히 올라탔다. 그녀의 가녀린 손목이 돛을 한 번 흔들 때마다 모래바람이 흩날렸다.

그러자 옆으로는 영롱한 금싸라기가 내리며 뗏목 아래를 감쌌다. 소녀의 긴 치맛자락도 깃발처럼 맹렬히 휘날리고 있었다. 그렇게 뗏목은 모래를 타고, 바람을 타고 힘차게 앞으로 나아가고 있었다.

어디선가 잠시 뗏목을 세운 션티가 말했다.

"이쯤에는 오아시스가 있어야 동물들이 살 수가 있겠지."

그는 사막의 가장 메마른 땅에 섰다. 그리고 신기하게도 물이 뚝뚝 떨어지는 노를 들고 땅을 한 번 쿵 하고 내리쳤다. 그다음으로 무릎 높이까지 내려오는 머리카락을 한 번 길게 쓸어 넘겼다. 그러자 물이 고였고 여러 갈래의 물줄기가 생겨나기 시작했다. 어느새 그곳은 많은 물이 가득 찬 깊은 웅덩이가 되었고 오아시스처럼 점점 커져 갔다.

"무더운 햇볕에 지치지 않을 과일도 필요할 걸."

이어서 션티는 근처의 모래알을 한 움큼 잡고는 웅덩이의 가장자리에 던졌다. 그리고 또다시 긴 머리를 쓸어 넘겼다. 어느덧 모래알들은 황금 씨앗으로 변해 땅에 심어졌다. 곧 과일나무들은 쑥쑥 컸고, 바나나, 코코넛, 두리안, 파인애플을 비롯한 갖가지 탐스러운 열매를 맺기 시작했다.

"마지막으로 이 기쁜 소식을 알릴 메신저가 필요하겠군."

새로운 오아시스! 동물 누구나 환영함.

oasis open

션티가 야자수 잎사귀로 만든 수십 장의 초대장을 꺼내자 어느새 전갈이 모래 구멍에서 나와 집게손을 쫙 하고 벌렸다. 임무를 받은 전갈은 모래사막 위를 서둘러 뛰어가기 시작했다.

이처럼 놀라운 능력을 펼치고 있는 션티를, 포포와 이오는 두려운 마음으로 바라볼 수밖에 없었다. 뗏목 위에서, 서로를 꼭 껴안은 채로.

션티는 다시 긴 여정을 위해 노를 젓기 시작했다. 노를 젓는 팔의 힘은 점점 강해지고 있었고 속도 또한 빠르고 상쾌했다.

얼마 가지 않아 포포에게 한쪽 어깨를 떼어 내 주었던 선인장 전사 무리가 보였다. 그들은 오아시스를 향해 걷는 중이었다. 포포는 반가운 마음에 손을 흔들었지만 선인장 전사들은 그를 잘 알아보지 못하는 듯했다.

모랫길을 한참 더 지나자 초대장을 읽고 있는 기린, 코끼리 등의 숲 속 동물들 무리가 보였다. 그들은 낯선 뗏목여행자들을 보자 놀란 듯 눈을 동그랗게 뜨고 쳐다보았다. 떠가는 뗏목의 속도는 계속해서 힘찼고, 그들이 가는 길 앞에는 아무것도 걸리는 것이 없었다.

"자 여기까지."

션티가 돛을 한 번 매만지고 나자 뗏목은 단풍잎보다 붉은 흙바닥 위에 멈추어 섰다.

계단 없는 어둠의 산, 바로 그들이 짧지 않은 사막 항해를 끝낸 곳이었다.

포포가 올려다본 흙산은 매우 높았고 대충 짐작만 해도 오리 백 마리 정도는 쌓아 올려야 할 것 같았다. 게다가 너무나 가팔라 그곳에서는 그 어떤 동물도 살아남을 것 같지가 않았다. 제아무리 말괄량이 염소라 할지라도 굴러떨어질 게 뻔했다.

산꼭대기까지 계단은 물론, 토슈즈 공장 입구와 같이 아무것도 보이지 않았다. 포포가 다시 고개를 돌려 션티를 불렀으나 이미 그는 뗏목과 함께 사라지고 없었다.

"션티는 가 버렸어."

어느새 이오의 입에는 잎 편지가 물려 있었다.

산꼭대기의 산장 주인을 만나시오.

주의 사항:
단, 적은 자신의 마음속에 들어 있다는 말을 명심할 것.

아직 여행 경험이 많지 않은 그들에게는 쉽사리 이해되지 않는 메시지였다.

경사지게 높이 솟은 산의 한 면과는 다르게, 반대편은 깎아지른 듯 낭떠러지로 바로 연결되어 있었다. 이 산은 경사면에 계단이 없어 분명 동물들이 살 수 없는 산임이 틀림없었다. 산 아래에 있는 동안 포포는 바닥에 떨어진 새털과 새 뼈들을 발견했다. 포포는 아주 오래전부터 누군가 산에 기어오르려다 실패한 것이라고 생각했다.

"저곳에 황금호수의 보물이 있을까?"

이오는 모르겠다는 듯이 고개를 저었다.

그러나 포포의 마음은 이내 션티의 얼굴을 떠올리고 있었다. 저 높은 곳에는 분명히 '신비부츠보다 더 귀중한 보물'이 있을 거라고 믿어졌다. 그 순간이었다.

쿵쾅쿵쾅 쿵 쾅.

포포의 부츠가 소리를 내고 있었다. 제멋대로 움직이며 바닥을 세차게 구르고 있었던 것이다. 발을 구른 후, 부츠의 밑바닥은 땅 위에 딱 붙어 떨어질 줄 몰랐고 그러다 퉁 하고 튀어올랐다. 이제 오리의 몸은 제멋대로인 부츠의 힘을 이기지 못하고 위아래로 올려졌다 내려지는 신세가 되어 버렸다.

'으어엉! 제발 서라. 부츠야.'

온몸에 힘이 빠져 사정하듯이 부츠만을 바라보고 있을 때였다. 포포는 바닥에 찍힌 한 개의 발자국 자리가 뚫려 있는 것을 보았다. 그리고 그 옆에 구멍이 또 하나 생겨나는 것도. 용의 성난 콧구멍만한 크기의 구멍이 생기자 두더지 한 마리가 쏙 하고 빠져나왔다. 포포는 금세 그가 누군지 알아보았다.

"모리!"

사실 물을 지독히도 싫어하는 두더지에게 뗏목은 동행할 수 없는 여행이었다. 모리는 포포가 집을 떠난 후 땅속으로 거대한 호수를 한 바퀴 도는 길고도 어려운 여정을 겪으면서 기어이 포포를 따라온 것이었다. 그리고 땅속에서 헤매던 모리에게 포포의 발 구르는 소리는 어떤 신호와 같았다. 모리를 불러낸 부츠 발이 겨우 멈추자 그제야 안심한 포포가 이렇게 말했다.

"오, 나의 친구!"

이때 흙바닥엔 구멍 난 치즈처럼 여기저기 여러 개의 구멍들이 생겨나기 시작했다. 구멍 사이로 머리가 하나둘씩 나오면서 어느덧 그곳에 모인 두더지는 수십 마리가 넘게 되었다. 포포를 돕기 위해 온 모리의 두더지 친구들이었다. 포포는 그들에게 '계단 없는 어둠의 산' 위에 오를 방법을 찾고 있다고 말했다. 모리와 그의 친구들은 괴상한 산을 유심히 살피더니, 동그랗게 모여 머리를 맞대고 회의를 하기 시작했다. 그러나 대화는 쉽게 끝날 것 같지 않았고, 두더지들이 저마다의 머리를 싸매고 골머리를 쓰는 시간만이 무료하게 흘러가고 있었다. 검은 담요를 감싼 하늘에 갓 태어난 노랑 병아리색 별이 하나둘씩 깨어나는 밤이 되어도 그들의 회의는 좀처럼 끝나지 않았다. 이따금씩 발 구르는 소리와 손바닥을 치는 소리, 고함 소리만이 들려왔다.

산바람이 그의 야성을 보여 주려는 듯 세차게 입김을 한 번 불어넣자 두더지들의 기침소리가 연달아 콜록콜록 울려 퍼졌다. 점점 몸이 떨려오는 포포 역시 더 이상 그들을 무작정 기다릴 수만은 없었다.

그때였다.

"나를 올려 줘. 포포."

이오의 작은 목소리였다.

순간 포포는 잠시 망설였다. 하지만 곧 자기를 진심으로 도우려는 달팽이 이오의 마음을 생각해 보고는 산꼭대기까지 이오를 올리기로 했다. '얍' 하고 어둠 속의 짧은 외침 후 달팽이가 펄쩍 하고 높이 뛰어올랐다. 하지만 잠시 후 비탈진 면을 따라 또르르 굴러떨어지더니, 다시 오리의 주머니 속으로 쏙 들어갔다.

"저 계단 없는 어둠의 산에는 아무것도 보이지 않아."

그 후 이오는 벌벌 떨며 주머니에서 한참을 나오지 않았다.

포포는 이제 신비부츠를 신은 채 직접 산을 기어오르기로 결심했다. 하지만 비탈진 산에서는 부츠도 계속 미끄러져 내릴 뿐이었다. 짧은 다리와 뒤뚱거리는 엉덩이로는 오리 키 반만큼도 제대로 오를 수가 없었다. 희미해진 별빛들이 이제 산 너머로 건너갈 때가 다 되었다고 몹시 쉰 목소리로 전해 왔다. 반면 계속되는 엉덩방아는 오리의 털과 부츠만을 온통 닳아 버리게 만들고 있었다.

포포의 부츠는 이번엔 이상하게도 변신을 하지 않았다. 또 아무런 반응조차 없었다. 발을 아무리 굴러 보고 문질러 보아도. 오히려 그것은 생기가 없는데다 마른 진흙투성이로 온통 지쳐 보였다. 시간이 지나자 오리의 푸석거리는 날갯죽지에는 군데군데 깊은 상처들만이 남아 있었다.

가파른 산은 여전히 그들에게 콧대 높은 아가씨만치 조금의 틈도 주지 않고 있었다. 어쩌면 정상에 오를 수 없을 거라고 포포를 비롯한 그곳에 있는 모든 이들이 쓸쓸한 눈빛으로 동의하는 듯했다. 수십 마리의 두더지 한숨소리와 울먹이는 소리가 여기저기서 들려오기 시작했다.

그때, 별안간 모리가 어떤 생각이 떠올랐는지 바닥에 쓱쓱 그림을 그리기 시작했다. 그리고는 두더지 친구들을 향해 손짓을 하더니, 동그랗게 모여 다시금 머리를 맞대었다. 잠시 후 그들은 모리의 그림대로 어깨 위에 친구를 올렸다. 그리고 사다리처럼 연쇄적으로 여러 단의 높다란 기둥 하나를 만들었다. 처음 곡예를 타 보는 그들의 다리는 후들거렸다. 모리는 사다리가 다섯 단이 된 것을 확인하고는 계속해서 무엇인가를 지휘했다.

벅벅 버버벅.

다섯 단 중 맨 위의 두더지가 산 경사면의 흙을 파내기 시작했을 때, 땅 아래서 구경하던 다른 두더지가 그 기둥을 타고 올랐다. 그리고 새로 맨 위에 오른 두더지가 어느 정도 흙을 파내는 것을 끝내자 그것을 본 땅 위의 다른 두더지들이 차례로 그

위를 올랐다. 많은 두더지들이 똑같이 흙을 파기 위해 친구의 등에 기꺼이 올라타는 것을 멈추지 않았다.

어느덧 점점 길어진 수십 마리의 두더지 사다리는 산의 경사를 층층이 파면서 기어오르고 있었던 것이다.

포포는 순식간에 계단으로 변하고 있는 '계단 없는 어둠의 산'을 놀라서 바라보았다. 그리고 이제 그에게는 더 이상 그 산을 향해 망설일 이유나 틈이 없다는 것을 깨달았다. 어느새 신비부츠의 발목에는 '사자의 갈기'가 휘날리고 있었다. 또 앞굽에는 갈퀴처럼 구부러진 '사자의 발톱'만이 단단히 달려 있었다. 신비부츠는 스스로 가파른 산 지형에 맞게끔 다시 모습을 바꾸고 있었던 것이다.

포포의 신비부츠에는 깊은 생각이 담겨 있는 듯했다. 그것에는 주문을 걸거나 결코 억지로 변신시킬 수 없는 신비로운 힘이 있었다. 포포가 미래를 두려워하지 않고 마음을 하나로 굳게 먹었을 때에는 부츠도 반드시 그 상황에 맞게 자신의 모양새를 바꾸어 주인을 도왔다.

두더지들이 산꼭대기까지 계단을 파낸 것을 확인한 모리가 손짓을 하자 포포는 곧 산의 정상을 정복할 준비를 하며 위를 향해 손짓을 했다.

산에 홀로 매달린 오리의 몸뚱이는 힘을 내어 '사자발톱부츠'로 계단을 향해 단단히 발을 내딛었고 한 걸음씩 차곡차곡 올라갔다. '계단 없는 어둠의 산'에 생긴 모든 흙 계단은 바로 땅속 두더지들의 어둠에 익숙한 눈과 뾰족한 발톱, 그리고 튼튼한 어깨로 인해 생겨난 것이었다. 사다리에서 땅으로 내려온 두더지들은 포포와 이오, 모리가 씩씩하게 오르는 뒷모습을 올려다보며 기쁨의 환호성을 질러 댔다. 그들은 다른 이에게 도움이 되었다는 사실 하나만으로도 아주 즐거워하고 있었다.

그날은 세상의 이름 없는 작은 별들끼리 모여 손을 잡고 춤을 추는 밤이었다. 긴 여행에서 돌아온 큰 별들이 선물 바구니를 내려놓자 작은 별들은 그것을 가운데에 놓은 채 강강술래를 했다.

저 멀리 하늘 끝에서 희망의 빛줄기를 흘려보내던 자비로운 은하수가 천천히 검은 눈물을 훔치고 있었다.

19

회색 눈 박쥐의 시계 산장

보름달이 뜨는 깊은 밤이 되자 '계단 없는 어둠의 산' 역시 적막에 휩싸였다. 산꼭대기에는 오랜 세월을 이겨 낸 듯한 소나무로 만들어진 산장이 하나 있었다. 인기척이 꽤 드물어 보이는 그곳은 똑딱거리는 소리와 째깍거리는 소리로 가득 차 있었다.

방 안의 오크 책상 위에는 망원경과 렌즈가 크기별로 진열되어 있었고, 열려 있는 서랍 속에는 정교한 시계 부속품들로 가득했다. 비둘기색 벽에는 모양과 크기가 제각각인 시계들이 걸려 있었다. 그중 마름모와 사각형 시계는 서로 경쟁하듯 모서리를 세우고 서로를 노려보고 있었고, 원형 시계가 그들을 말리듯 '둥글게 살자'라고 외치는 듯했다. 여기에 대저택에나 어울릴 법한 커다란 괘종시계는 가끔씩 댕댕거리며 짙은 고동색 목소리로 중후함을 뿜어 댔다.

산장 주인은 오늘, 여느 때와 조금 달라진 분위기를 감지했다. 그는 이미 초저녁 때부터 계속 밖을 내다보며 경계 태세를 갖추고 있었다.

'여기를 오르는 침입자가 있어. 거인님께 알려야 한다.'

잠을 오랫동안 자지 못한 듯 초췌한 모습의 그는 바로 시계 부속을 갈아 끼우는 일을 하는 시계공이었다.

산의 반대편 낭떠러지는 거인이 서서 잠을 자는 곳인데 아직 그가 돌아오지 않고 있었던 것이었다. 충혈된 눈의 시계공은 점점 초조해지기 시작했다. 망원경 렌즈 속, 산꼭대기로 오르고 있는 침입자는 '낯선 부츠를 신은 오리와 두더지'였다.

이에 산장 주인은 망원경 렌즈를 돌리다 말고 지하실로 달려가 무엇인가를 찾았다. 그것은 오랫동안 쓰지 않고 있었던 '산장을 외부의 동물로부터 지켜 내는 기계 장치'였다.

계단 없는 어둠의 산꼭대기는 본래 평평하고 둥그런 땅이었다. 그런데 그가 산장 내부에서 복잡한 장치들을 작동시키자 곧 중심으로부터 세 개의 긴 칼날이 생겨났다. 세 개의 칼은 천천히 돌기 시작했고 현재의 시각을 가리키자 이내 멈추었다.

시간 감시 초소 – 공격 방향 10:10

산장 쪽을 바라보던 포포는 깜짝 놀라 외쳤다.

"산장 전체가 시계로 변해 버리고 있어."

그때였다. 제일 긴 초침의 바늘이 그들을 향해 돌진해 오고 있었다. 그것을 본 모리는 두더지답게 다급히 땅을 파 댔다.

맹렬한 초바늘의 기세를 본 포포 역시 무서워지기 시작했다.

"우선 저 초침부터 피해야 해!"

포포도 이오와 함께 땅 쪽으로 납작 몸을 엎드렸다.

다행히 초침은 그들의 머리 위를 아슬아슬하게 지나쳤다. 초침은 바쁜 듯이 째깍거리는 소리를 내며 저 멀리 가 버렸다.

모리가 겨우 안도한 표정으로 일어섰다.

포포 역시 '급한 일부터 잘 피했어.'라고 생각했다. 둘은 주변을 찬찬히 살펴보기 시작했다.

세 개의 시곗바늘 중심에는 오래된 소나무 산장이 보란 듯이

서 있었다. 그런데 초침의 바늘만이 저 혼자 무척 바빠 보였고, 나머지 두 개의 바늘은 그나마 한가해 보였다.

"포포! 아까 또 그 녀석이야!"

이오의 놀란 목소리였다.

"초침이 또 매섭게 다가오고 있잖아. 도대체 어디로 도망쳐야 하는 거야? 어쩌지. 아무런 생각도 나질 않잖아……."

포포가 당황하며 말했다.

이때 오히려 이오가 침착하게 말했다.

"한 번에 하나씩 생각해. 포포!"

이오의 말에 고개를 끄덕인 포포는 시계의 움직임을 유심히 살펴보았다.

'초침은 60번 째깍댄 후에 제자리로 돌아오는 것이로군.'

차분했던 말과 달리 이오는 저 멀리서부터 급하게 돌진해 오는 날카로운 바늘을 발견하자마자 기절하고 말았다. 하지만 이번에 포포의 동작은 달랐다. 땅속으로 들어가 있는 모리를 향해 포포는 이렇게 외쳤다.

"나중에 만나! 모리!"

그리고 달팽이 이오를 재빨리 주머니에 집어넣고 즉시 두 발을 굴러 풀쩍 뛰어올랐다. 커다란 초침 바늘 위로. 그가 그러한 용기를 낼 수 있었던 이유는 때마침 '션티의 목소리'가 떠올랐기 때문이었다.

'포포. 공포의 순간을 무작정 피해선 안 돼. 오직 그 순간을 기꺼이 받아들여야만 해.'

오리 포포는 좁다란 초침 바늘 위에서 두 날개를 펼쳐 단단히 균형을 잡았다. 초침은 시계의 중심부인 산장을 향해 계속해서 나아가고 있었다. 빠른 초침 바늘 위에서 비틀거리고 있던 포포는 시침과 분침에 가까워 오자 또다시 선택을 해야 했다. 포포의 눈에 시침이 시치미를 떼는 듯 제자리에서 꼼짝도 하지 않는 것이 보였다. 제 갈 길만을 아주아주 조금씩 나아가고 있는 시침을 바라보며 포포는 문득 좋은 생각이 떠올랐다.

'시침은 지금 진행되는 모든 공격을 지시하고 있는 우두머리야.'

포포는 점프를 했고 자칫 땅 위로 떨어지려는 찰나 겨우 시침 위로 안착할 수 있었다.

이와 같이 어린 오리는 침착하고 과감한 태도로 시계 산장을 향해 점점 다가가고 있었다.

가장 자신만만해하던 시침이 당황한 듯 갑자기 꼼짝도 하지 못했다. 그의 지시만을 따르던 분침과 시침도 물론 얼어붙은 듯 정지하고 말았다.

침입자들로 인해 시곗바늘들이 공격을 머뭇거리고 있는 것을 바라보던 산장 안의 주인은 결국 머리를 감싸 쥐고 말았다. 어느덧 산장의 시계 장치는 '부츠 신은 오리'에 의해 해체되고 있었다.

'보통 괴한이 아니군.'

산장의 주인, 회색 눈 시계공은 두려움에 떨며 생각했다.

산장의 문 앞에 도착한 포포는 그 앞에 서서 초인종을 눌렀다. 그러나 대문에는 그 누구도 나타나지 않았다.

'아무도 없나?'

포포는 안을 보려 창문 쪽으로 가까이 다가갔다. 순간, 불 꺼진 창문 너머에서 갑자기 날개를 편 커다란 박쥐의 형상이 나타났다.

"악!"

주머니 속 이오가 소리를 질렀다.

그러나 포포는 좀처럼 놀라지 않았다.

포포는 또 한 번 창문을 세차게 두들기며 산장 주인을 불러 댔다.

"거기 누구 계세요?"

회색 눈 박쥐는 결국 문을 열었다.

그의 키는 아주 작았고 몸은 왜소했다. 잿빛 망토로 몸을 꽁 꽁 감싸고 있던 그는 포포를 슬쩍 올려다보았다.

"박쥐야, 여기 혹시 '황금호수의 보물'이 있니?"

회색 눈 박쥐는 덜덜 떨었다.

"글쎄, 알아도 나는 말해 줄 수 없어!"

"네가 혹시 산장 주인이니?"

"응. 아니! 그것 역시 말해 줄 수 없어."

"왜 말해 줄 수 없지?"

"그, 그건. 넌 나의 적이니까."

포포가 물었다.

"하지만 적을 어떻게 구별해?"

"적은 나빠, 그리고 나는 착하지."

포포는 고개를 갸우뚱하며 물었다.

"그럼 네가 오리라면 어떨까? 내가 박쥐고……."

"오, 오리는 착해. 그렇담 박쥐는 나빠……."

이번엔 회색 눈 박쥐의 고개가 갸우뚱거리고 있었다.

"이상하다. 그동안 마법거인이 그렇게 알려줬는데……."

"단지 난 오리고 넌 박쥐일 뿐이잖아. 누가 착하고 나쁘다고 단정할 수는 없어."

회색 눈 박쥐는 두 귀를 막고 나서 이렇게 대답했다.

"그런 생각은 안 해 봤어! 난 이제까지 나와 적으로만 구분하며 살아왔거든."

"너, 떨고 있구나."

그는 다시는 말을 않기로 결심한 듯 귀를 막고 입을 꾹 다물었다. 그때 이오가 션티의 잎 편지를 입에 물고 흔들어 댔다. 포포는 그 편지지를 건네받고는 회색 눈 박쥐에게 보여 주었다.

적은 자신의 마음속에 들어 있다는 말을 명심할 것.

그 글을 읽자마자 박쥐는 어쩔 줄 몰라하며 말했다.

"맞아, 난 너를 만나기 전에도 항상 적이 있다고 믿어 왔거든. 하지만 여기 이 계단 없는 어둠의 산에는 평생 동안 아무도 나타나지 않았어. 그래서 너무나 외로워진 나는 외로움을 적으로 생각했지. 물론 혼자서 너무나 즐거워질 때에도 즐거움조차 내 적으로 생각했고."

포포는 회색 눈 박쥐의 눈 속에서 깊은 외로움을 느꼈다.

"나도 한때 홀로 있었을 때가 있었어. 백조들의 발레 학교에 다닐 때."

회색 눈 박쥐는 포포에게 물었다.

"친구들이 있었는데도?"

"응. 그런데 그들과 떨어져 홀로 있는 것이 나를 더 행복하게 만들었어."

회색 눈 박쥐는 말도 안 된다고 생각했다.

"흠, 이해하기 어려운 걸."

포포는 말했다.

"네가 느꼈던 외로움은 내가 느꼈던 외로움과는 달라. 난 홀로 서 있었지만 마음만은 결코 홀로 있지 않음을 경험했어. 아마도 그것은 내가 외로움을 적이 아니라 친구로 생각했기 때문일 거야."

포포의 말을 들은 회색 눈 박쥐는 고개를 숙이고는 곰곰이 생각에 잠겼다.

"오리야. 아무튼 난 이제부터 내 얘기를 잠시 동안이라도 참고 들어 줄 수 있는 동물만을 친구로 여기겠어. 그런 의미에서 이제 넌 내 친구야!"

회색 눈 박쥐가 자기식대로 말하는 것이 포포는 왠지 싫지 않았다.

20
마법거인의 골짜기와 시계추의 음모

삐걱 소리와 함께 문이 열리며 누군가가 부끄러운 듯 들어왔다. 산장의 시계 장치가 사라지자 뒤늦게 포포를 따라온 모리였다. 흙 범벅이 된 그의 한 손에는 길게 말려 있는 종이 한 장이 들려 있었다.

"문에 꽂혀 있었던 것이잖아."

이오가 말하자 모리는 고개를 끄덕였다.

그때 회색 눈 박쥐가 한숨을 내쉬며 말했다.

"마법거인이 그동안 매일같이 나에게 내밀었던 시험지야. 휴, 너무나 어렵지."

책상 옆에는 수백 장도 넘는 시험지가 빼곡히 쌓여 있었다.

하지만 그것들은 모두가 똑같은 문제로 인쇄되어 있었다. 게다가 죄다 오답(X)으로 채점된 것이었다.

포포는 모리가 가져온 시험지를 한참 동안 들여다보았다.

〈오늘의 문제〉

아침에는 네 발로 걷고,

낮에는 두 발로 걸으며,

저녁에는 세 발로 걷는 동물이

공통적으로 가지는 숫자.

* 단, 아라비아 동물 숫자 두 자리로 답하시오.

회색 눈 박쥐가 고개를 저으며 다가섰다.

"두 자리 숫자로 대답해야 해. 이걸 풀 수 있다면 산장에 갇혀 있어야만 하는 내 마법이 풀릴 텐데."

"박쥐 너도 마법에 걸려 있었구나."

포포가 말했다.

"맞아. 그냥 돌려줘. 보나마나 풀지 못할 테니까."

잠시 뒤, 골똘히 생각에 잠겼던 포포가 부츠 뒷굽을 탁탁 두들기며 말했다.

"아침과 낮과 저녁은 동물의 하루지. 또한 그것은 평생 동안의 동물의 생인 태어남과 젊음, 그리고 노년기를 상징하는 말이야. 아기와 같이 네 발로 걷다가 어느덧 두 발로 걷게 되고 결국에는 지팡이를 필요로 할 때가 다가올 테니까."

"나도 거기까지는 생각했어."

이오가 고개를 끄덕이며 말했다.

이어서 포포가 당찬 목소리로 말했다.

"빈칸에 들어갈 숫자는 바로 24야."

"왜지? 난 한 번도 생각해 보지 못한 숫자야."

회색 눈 박쥐의 말을 들은 포포가 대답했다.

"동물의 한 생은 유한한데다가 아무리 어리다 해도 미래의 시간을 당겨 쓸 수 없으니까. 결국 나이에 관계없이 누구든지 하루 24시간만을 가지고 사용할 수 있어."

회색 눈 박쥐는 순간 즐거운 비명을 질렀고, 자신의 잿빛 망토를 펄럭이며 한참 동안 방 안을 뛰어다녔다.

한껏 흥분된 그가 말했다.

"내 은인, 부츠 신은 오리야! 그런데 너는 왜 여기까지 올라 왔지?"

"그 이유는 바로 '황금호수의 보물'을 찾기 위해서야."

회색 눈 박쥐가 말했다.

"네 용무가 뭐든 간에 마법거인에 대해서는 좀 알아 두는 게 좋을 걸. 그는 얼굴이 거칠게 생긴 만큼 성질도 몹시 난폭하니까. 거인은 지금 백조들의 시간을 모조리 수집하는 중이야."

포포도 마법거인이 아주 욕심이 많을 거라는 생각을 했었다.

'그런데…… 백조의 시간이라고?'

마법거인은 백조들의 소중한 그 무엇을 약탈하는 자가 분명해 보였다.

회색 눈 박쥐가 창문을 내다보며 말했다.

"거인은 이곳, 계단 없는 어둠의 산벼랑에 기대어 서서 잠을 자. 매일같이 그의 드르렁거리는 소리 때문에 천 리 밖의 말똥구리 발자국 소리까지 듣던 내 귀도 이젠 시원찮아져 버렸지. 혹시 한 번도 그를 보지 못했니?"

포포가 대답했다.

"사진으로만. 그가 아주 거대한 몸집을 가지고 있다는 사실만 알고 있어."

회색 눈 박쥐가 말했다.

"거인은 '고철로 만든 T자 레버 뭉치'를 항상 손에 쥐고 다녀. 그가 매일 하는 일이란 괘종시계가 있는 여기저기를 순회하며 태엽 감는 일뿐인 걸."

골짜기를 내려다보니 시계의 폐기물인 고철이 잔뜩 쌓여 있었다.

포포가 물었다.

"태엽을 감아 주지 않으면 시간이 안 가니?"

"그렇지 않아, 그것은 시간관념을 만들어 내기 위한 것일 뿐이야."

"그럼 실제로 존재하는 시간이 아니야?"

회색 눈 박쥐가 대답했다.

"응. 착각하게 만드는 것이지. 태엽은 오직 앵무새가 말하도록 힘을 주는 밥일 뿐이야."

포포는 놀라서 또다시 물었다.

"백조의 교실에 있는 그 앵무새?"

"그뿐이 아니야. 이곳 마법거인은 앵무새 괘종시계를 토슈즈 공장을 비롯해 호숫가의 곳곳에 가져다 놓았으니까."

'맞아, 토슈즈 공장에도 앵무새 노랫소리가 들렸어!'

회색 눈 박쥐는 포포가 모르는 많은 사실들을 알려 주었다.

"레버로 태엽을 많이 감아 놓은 만큼 앵무새도 커져. 거인은 시간을 거두어들이려는 속셈으로 쉴 새 없이 재잘거리는 시계장치를 설치한 거야."

놀란 포포가 또 물었다.

"앵무새는 거인의 편이니?"

회색 눈 박쥐는 포포에게 자신이 알고 있는 모든 것들을 알려 주기로 결심했다.

"앵무새는 '거인의 대변자'일 뿐이야. 자신의 생각이란 없지. 그저 시간을 모으기 위해 백조들의 시선을 끄는 존재인 거야."

포포의 머릿속에는 교실복도에서 들려왔던 앵무새 시계의 노랫소리와 몸짓이 또렷이 떠올랐다. 그리고 백조들이 앵무새와 눈을 마주치는 순간 있었던 일들도.

발레학교 앵무새 시계의 비밀을 알게 된 포포는 한결 마음이 홀가분해졌다. 이제는 모두들 고된 발레 수업에만 매달리며 시간 때문에 조급해하지 않아도 될 것이라는 생각이 들었다.

'마법거인이 앵무새 시계를 가져다 놓은 이후로 저주에 걸린 백조들은 자신들의 시간을 거기에 맞추게 된 것이로군.'

쿵 쿵 쿵 쿵.

그때였다. 거인이 주변을 부수는 듯한 소리를 내며 벼랑을 향해 걸어왔다. 그가 한 번 발을 내딛을 때마다 비탈진 산등성이는 한 뼘씩 땅속으로 기어들어 갔다.

회색 눈 박쥐는 태엽 감는 시늉을 하며 포포에게 속삭였다.

"거인은 한번 잠이 들면 내가 만든 알람 시계에 맞춰 깨어나거든."

포포는 이오, 모리와 함께 조각이 정교한 긴 앤티크 괘종시계 속으로 숨어들었다. 그리고 시계 뚜껑을 안쪽에서 닫고는 숨을 죽인 채 유리 너머를 내다보았다.

이윽고 마법거인이 산벼랑에 서서 거친 숨소리를 내쉬며 회색 눈 박쥐를 불러냈다. 산장으로부터 걸어 나온 박쥐에게 마법거인은 오늘도 시계 부속에 대한 몇 가지를 주문했다.

"쿵쿵, 이번에는 시계추를 짧게 만들어. 시계가 더 빨리 가도록 말이지, 쿵쿵."

"알겠어요. 거인님."

다시 잠을 자기 위해 절벽에 기대선 마법거인은 곧 크르렁 대며 코를 골기 시작했다. 마법거인이 깊은 잠에 빠지자, 포포는 괘종시계에서 나와 잠든 거인의 어깨를 타고 절벽 밑으로 내려왔다. 거인의 코에선 자꾸만 재채기가 나오려고 했고, '계단 없는 어둠의 산' 절벽의 바위로부터는 깨진 자갈들이 '독립'이라고 외치며 굴러떨어지고 있었다.

겨우 골짜기 사이로 내려올 수 있었던 포포는 이제 골짜기 아래 산더미 같이 쌓인 시계들을 구경하기 시작했다. 그곳에는 발레 학교의 쓰레기 더미와 토슈즈 공장에서 보았던 낯익은 '검은 자루들'이 많았다. 그동안 똑딱거리는 앵무새의 시계추

소리를 듣고 황금호수로부터 버려진 시계들이 수없이 많았던 것이다. 그들은 크기도 모양도 모두 제각기 달랐으며 소리도 속삭이듯 조용히 째깍거리는 것부터 땡땡거리는 것까지 다양했다.

"세상에 이런 시간들이 존재하고 있었다니……."

포포는 안타깝게 중얼거렸다.

장미꽃이 필 때를 알려 주는 나비 시계, 낮잠이 든 아기 백조가 깨야 할 시간을 알려 주는 물총새 시계, 싸운 친구와 화해해야 할 시간을 알려 주는 꿀벌 시계, 로맨틱한 시詩를 지을 수 있는 풀잎피리 시계, 강기슭 큰 연어가 때마침 지나가는 시간을 알려 주는 모래시계, 맨발로 여름 호수에서 물장난을 치자고 달려오는 가재 시계, 잠자기 전 늦지 않게 일기를 쓸 시간을 알려 주는 달 시계 등등…….

이 수많은 시계들은 아주 오래전부터 모두 주인을 잃어버린 채 내버려져 있었다. 이토록 값지고 아름다운 시간들이 이런 곳에 있어야 한다는 사실에 포포는 문득 슬퍼졌다.

그런데 자세히 살펴보니 시계들 유리에 약간씩 금이 가 있었다. 뿐만 아니라 죄다 고장이 나 있었다. 부속품들은 밖으로 빠져나와 먼지 쌓인 거미줄마냥 대롱거리며 매달려 있었다.

그동안 앵무새 노래와 시계추 소리를 들은 백조들이 마법에 걸려 자신들의 일상을 지켜 주었던 모든 시계들을 순순히 내다 버리게 된 것이었다.

'마법거인의 앵무새 시계 말대로 모두들 오직 발레 퀸만이 되려고 했어.'

포포는 아직 신선한 소리를 내고 있는 시계들을 골라냈다. 그리고 그것들을 서둘러 자신의 주머니 가득 집어넣었다. 그는 이제 별과 사각형을 비롯해 꼴 속에 갇혀 있는 수많은 시간의 시한부 생들을 모두 구출해 낼 참이었다.

멀리에서 두더지 모리는 '갯지렁이 스프 시계'를 발견했다. 그는 두리번거리면서 그것을 숨기기 위해 앞발로 땅을 열심히 파고 있었다. 포포는 계속해서 아직 생명이 남아 있는 시계를 찾아내는 데에 열중했다. 이번에는 토슈즈 공장으로부터 버려진 검은 자루가 발견되었다. 그것을 풀자 철부지와 개구쟁이의 시계들이 왁자지껄하며 튀어나왔다.

"펭귄들이 어린 시절 잃어버렸던 것들이야."

포포는 화가 난 듯 중얼댔다.

하지만 거인이 곧 알람 소리에 깨어날 것을 알고 있는 포포는 서둘러 그곳을 떠나야 했다.

'계단 없는 어둠의 산'을 떠나오면서 포포는 회색 눈 박쥐와 나눴던 마지막 대화를 떠올렸다.

"오리야. 그동안 나에게는 시계 만드는 일이 제일 재미있었어."

"그렇지만 네가 재미있어 하는 것들은 너무도 위험한 놀이였어."

"……"

박쥐는 고개를 푹 숙이고는 아무런 대답을 하지 못하고 있었다.

"이제 마법거인을 떠날 거니? 회색 눈 박쥐야?"

"아니, 오리 네가 말했듯이 이제부터 나의 적은 그 누구도 아닌 걸. 그리고 다른 이들의 마법을 풀기 위해 능숙한 시계공이 해야 할 일이 아직 남아 있을 테니까……."

그 말을 들은 포포는 자신이 벌써 회색 눈 박쥐를 믿고 있다는 것을 깨달았다.

21

발레 교실로 찾아간 포포

기다렸다는 듯이 션티의 뗏목이 나타나자 포포는 온갖 종
류의 시계들을 그 위로 실어 올렸다. 그것들은 포포가 꼭 주인
들에게 돌려주고 싶어 했던 시계들이었다.

말없이 그를 바라보던 션티가 물었다.

"이걸 다 실을 생각이니? 포포?"

"이것 보세요. 션티. 바로 '거인이 훔쳐 갔던 백조들의 시계'
예요. 이제 제가 모두 가져다줄 거예요."

포포를 바라보는 션티는 가만히 고개를 저으며 다시 말했다.

"하지만 소용없는 일이야……. 앵무새 시계의 마법을 먼저
풀지 못한다면 네가 주워 온 시계들도 머지않아 멈추게 될 테

니까."

"백조들이 자신들의 시계를 제대로 알아보지 못할까요?"

션티가 쓸쓸한 표정으로 말했다.

"그렇지, 그들은 또다시 자신들의 시계를 내다버릴 게 분명하단다."

"이미 백조들 모두가 깊은 마법에 걸려 버렸군요."

포포는 금세 실망했다.

그 모습을 보고 션티는 말했다.

"모든 백조들이 앵무새 시계를 보고 세상에는 '절대적인 시간'밖에 없다고 알고 있는데 사실 그렇지 않아. 그건 '획일 시간의 새'의 존재만을 믿게 하기 위한 마법거인의 속임수일 뿐이지."

포포가 물었다.

"션티, 그 '획일 시간의 새'란 뭐죠?"

"거인은 먼저 자신이 마법으로 고정시킨 '시간이 조급히 흐르는 철창' 속으로 '어린 새 한 마리'를 집어넣어. 그리고는 그 새만을 가장 귀여워한단다. 왜냐하면 자신의 말에 무조건 복종하기 때문이야. 그 새는 그저 '태엽 밥'만 주면 시키지 않은

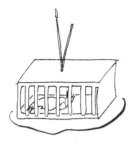

말은 결코 하지 않으니까. 그리고 그렇게 길러진 앵무새의 목소리를 이용해서 발레만이 전부인 시간을 따르도록 백조들에게 마법을 거는 거야."

"그동안 앵무새의 노래는 백조들의 시간을 도둑질하고 있었던 거군요."

포포는 유리에 금이 잔뜩 간 시계들을 보며 중얼댔다.

션티는 또다시 말했다.

"앵무새 시계는 지금 개인의 시간을 소멸시키고 있어. 백조들이 내다버린 시계는 고철로 모아져 결과적으로 앵무새 태엽밥이 되어 버릴 뿐이니까. 만약 이 상태로 계속 간다면 마법거인은 앵무새 카펫을 이용해 금방이라도 '획일 시간의 나라'에 도달하고 말겠지."

포포가 물었다.

"마법거인이 '획일 시간의 나라'에 가게 된다면 무슨 일이 일어나지요?"

션티가 대답했다.

"구름 위 그곳에는 무수한 '절망의 물'들이 위에서 아래로 흐르고 있어. 지금은 둑으로 막혀 있는 상태인데, 누군가 올라가서 둑의 입구라도 무너뜨린다면 그 절망의 물들이 전부 땅 위로 쏟아지고 말아."

"그런데 션티, 마법거인은 왜 그 문을 열려고 하지요?"

"포포. 지금 거인은 황금호수를 비롯해 나라 전체를 홍수가 나게 해서 '획일 시간의 나라'로 바꾸려고 하고 있단다."

포포가 놀라서 물었다.

"절망의 물이 떨어지면 동물들은 어떻게 되나요? 아, 설마……."

션티는 고개를 끄덕였다.

"절망의 물이 쏟아지면 모든 시계가 자동으로 정지되어 버리지. 그때부터는 획일적으로 통일된 시간이 작동하기 시작해. 황금호수에 사는 모든 동물들이 태어나면서부터 지니고 있던 시계대로 더 이상 살지 못하게 되는 거야. 절망에 빠진 그들은 점차로 모든 성장을 멈추게 되고, 결국 몸을 움직이는 것조차 거부하게 돼. 종국에는 아마 '획일 시간 나라의 왕'이 된 거인에 의해 모든 동물들이 노예로 전락하고, 짓밟혀 멸종되고 말 테지."

모든 이야기를 들은 후 포포는 한동안 아무 말도 하지 못했다.

황금호수에 도착한 포포는 그리운 백조의 교실로 찾아갔다. 복도는 치우지 않은 백조 털로 온통 어지럽혀져 있었고, 시계 위의 앵무새는 그전보다 훨씬 더 커져 있었다. 산만하고 어수선해진 교실의 무거운 공기를 누구라도 단번에 느낄 수 있을 듯했다.

"돼지앵무새 시계."

앵무새의 몸집을 본 모리가 혀를 내밀고 놀려 댔다.

다이얼 속 눈동자 구멍도 조금 더 커져 있었다. 태엽 구멍의 눈꺼풀은 아예 눈을 감고 있는 앵무새보다도 더 자주 깜빡이며 백조들을 조종하고 있었다. 그 떨어지는 눈꺼풀의 색깔과 속도를 보고 있노라면, 그 속으로 모든 밝은 감정들이 빨려 들어가 짓이겨지는 것만 같았다.

예전에 복도 끝에서 바바 선생이 했던 말을 기억한 포포가 가만히 읊조렸다.

"앵무새 눈동자로부터 일식!"

또 앵무새 밑 괘종시계추는 예전보다 더 빨리 좌우로 흔들리고 있었다. 비정상적인 앵무새의 크기라든가 추의 속도는 불과 얼마 전과 비교해 볼 때 뭔가 심상찮았다.

똑딱똑딱 똑똑 딱딱 딱딱.

시계추가 똑딱이는 속도는 모두의 마음을 공포에 빠트릴 만큼 조급했다. 앵무새 시계가 백조들에게 주는 저주의 의미는 과거를 향한 무수한 비난이자 미래에 대한 두려움이었다. 시계추는 당장 무엇이든 하기를 재촉하며 제멋대로 흔들렸다.

째깍 째깍 째 깍 깍.

교실 안을 보니 발레 연기를 하느라 토슈즈 코로 통통 마룻바닥을 딛는 소리가 흘러나왔다.

구석에는 다리가 이미 온통 멍투성이가 되어 주저앉아 있는 몇몇의 아기 백조들이 있었다.

포포는 교실 속 풍경을 바라보며 여러 생각을 떠올렸다.

'모두들 부츠를 준다는 꾐에 빠져서 발레를 하고 있는 거야.'

이때 모리는 포포를 위해 무언가를 돕고 싶은 마음에 용기를 내어 빠르게 흔들리는 앵무새 시계 앞에 섰다. 포포가 그런 모리를 돌아보며 불현듯 외쳤다.

"모리! 태엽 구멍 속 눈동자와 눈을 마주쳐선 안 돼!"

하지만 이미 눈동자에 홀려 버린 모리는 흔들리는 커다란 시계추에 맞아 쓰러지고 말았다.

의기양양해진 앵무새는 악을 쓰며 또다시 노래를 부르기 시작했다.

22

거인과 앵무새 시계의 정체

백조의 교실에서는 다음과 같은 노래가 울려 퍼지고 있었다.

♬

오늘도 토슈즈 공장에는

매일매일 토슈즈가 쏟아져 나와.

발레를 제대로 못하는 새

아무런 쓸모없어.

빙하가 보이는 만리타향으로

추방시켜 버려야지.

혼자가 두렵다면,

오직 발끝으로 하늘을 바라봐.

누가누가 높이 설 수 있나.

부츠를 위하여

신비의 보물을 위하여

모든 차지는 바로 바로 황금부리.

오직 당신의 것이라네.

♫

한편 알람 소리에 일어난 '계단 없는 어둠의 산벼랑'의 마법거인은 저 멀리 호수로부터 들려오는 앵무새의 노랫소리를 들었다.

거인은 평소 뜨개질이 취미인 듯했다. 그는 대나무로 만든 뜨개바늘로 집중하며 무엇인가를 한참 뜨고 나서 만족한 표정으로 쫙 펼쳐 보았다. 빨강, 주황, 노랑, 녹색, 파란색이 그라데이션으로 치밀하게 짜인 두터운 카펫에는 마치 계단과 같은 높낮이가 느껴졌다.

자세히 보면 털로 덮인 표면에는 군데군데 오래된 검은 얼룩이 있었고 코를 찌르는 날콩 비린내와 같은 것이 배어 나왔다. 하지만 오색 카펫은 금방이라도 하늘로 오를 수 있을 듯이 살아 있는 것처럼 꿈틀댔으며 힘이 넘쳐 났다.

마법거인이 카펫 위에 눕자 금방 '꽈르릉' 바위가 무너져 내리는 소리가 났다. 곧 카펫 위로 기괴한 음악이 흘렀고 잿빛 구름폭풍이 몰려들기 시작했다. 그 바로 옆, 유달리 '시간이 조급히 흐르는 철창'에는 어린 앵무새 한 마리만이 감전이라도 된 듯 안절부절못하고 있을 뿐이었다. 분위기에 흠뻑 취한 거인은 열십자로 팔을 벌리고는 잠시 코를 드르렁 골더니 벌떡 일어섰다. 고개를 숙여 거대한 카펫을 바라보는 그의 툭 튀어나온 눈시울은 어느덧 흡족함으로 축축이 젖어 있었다.

그는 자신의 뜨개질감을 다 말고 나서, 실뭉치에 남은 색실을 거칠게 감다가 갑자기 회색 눈 박쥐를 찾기 시작했다. 잔뜩 짜증이 난 목소리였다.

"그런데 호수의 앵무새 노랫소리가 왜 이리 커진 거지? 시계가 고장이라도 난 게야?"

"그렇지 않아요. 거인님. 앵무새의 몸 크기가 커지면 커질수록 자연히 노랫소리 또한 커지게 되니까요."

"그래. 흠, 그나저나 저놈의 백조들에게 계속 '앵무새 노래 주입'은 잘 되어 가고 있는 것이겠지?"

회색 눈 박쥐는 대답했다.

"이 정도라면 호수 전체가 온통 울려 퍼질 정도로 충분해요. 하지만 벌써 또 시계의 태엽을 감을 때가 다가오고 있답니다."

잔뜩 지친 표정의 거인이 버럭 소리를 질러 댔다.

"이 줄줄이 매달린 'T자 레버 뭉치들' 좀 봐! 사실 내가 요즘 너무 바빴지 않나. 워낙 정신이 없다 보니 저번엔 숲 속에서 신발 수레 하나를 잃어버린 적도 있었지."

회색 눈 박쥐는 고성에 귀를 막으면서도 고개를 끄덕였다.

거인은 또다시 말을 이었다.

"이봐. 나는 그동안 '나는 카펫'을 위해 내 아끼는 새들의 피를 보는 짓까지 서슴지 않아 왔네. 갈까마귀의 등뼈를 단번에 구부려 구두광표 '칼리아 힐'에게 숱하게 힐을 만들어 주어야 했고. 근데, 도대체 무얼 먹는지 그 구두 부리한테는 꼭 발가락 구린내가 난단 말이지. 아무튼 탐욕스러운 펭귄들의 여신인지 헌 신인지 뭔지 그 마녀가 매일같이 내 까마귀들을 때려잡아도 참았고 말이야."

말을 마치고 나서 허리에 차고 있는 오래된 칼집을 가만히 어루만지는 그였다.

거인은 회색 눈 박쥐를 데리고 황금호수를 시찰할 결심을 했다. 커다란 발바닥이 땅을 밟기 시작하자 쿵쿵쿵 소리가 났고 호수의 바닥은 지진이라도 난 듯 흔들렸다. 잔잔했던 물결은 금세 동요하며 호미 날을 세운 모양으로 우왕좌왕하고 있었다.

제일 먼저, 물가에서 수다를 떨던 갈대들이 벌벌 떨며 일제히 엎드렸다. 두더지들과 오소리, 너구리와 같은 지하실 동물들도 저마다 다급히 땅을 파느라 여기저기 흙가루가 뿌옇게 날렸다. 그 때문에 길을 잃은 개미 떼 일행이 흙과 함께 공중으로 던져져 튀어 오르고 있었다. 또 산길을 걷고 있는 백조들도 얼른 나무 뒤로 엎드려 숨었다. 이렇게 호수에서 살고 있는 모든 동물들은 쿵쿵 소리가 날 때면 공포에 떨며 숨을 곳을 찾아야 했고 얼굴을 찌푸리기 일쑤였다.

한편, 포포는 좀 더 유심히 앵무새 시계를 살피고 있었다. 박스 통에 붙어 있는 시계 다이얼과 부속품들은 예전보다 훨씬 정교한데다 웅장해져 있었다. 앵무새는 거구가 되었을 뿐더러 마치 세상의 진귀한 꽃잎으로만 엮은 것 같았던 화려한 털이 이젠 몸통의 절반이 넘게 검푸른 색으로 변해 있었다.

자세히 들여다보았더니 태엽 감는 눈동자 구멍 속은 꼭 개미귀신이 파 놓은 검은 지옥과 같았다. 또 그 구멍 속의 소리란 흡사 회오리가 이는 바다 상어의 이빨 속에서 들려오는 소리처럼 느껴졌다. 동그란 시계추 역시 좌우로 맹렬히 흔들리며 오리의 마음을 살피는 듯했다.

둘 사이에서 눈싸움이 벌어졌다. 포포는 시계추를 노려보며 이렇게 중얼거렸다.

"너에게 넘어가지 않을 테야. 사실 난 백조가 아닌 오리인걸. 이제부터 난 더욱더 '오리만의 시간'으로 살 거니까!"

그제야 시계의 눈구멍은 미처 파악하지 못한 오리의 존재를 알아챘다. 그는 꽥꽥거리는 노랑부리가 예외적으로 유독 마법이 걸리지 않고 있다는 사실에 당혹스러워했다. 시계의 눈구멍은 마치 초승달이 반달로 변하는 것처럼 근심 가득한 무거운 눈꺼풀만을 꿈뻑꿈뻑 떨어뜨리고 있었다. 마룻바닥 위에 한참을 누워 있던 두더지 모리는 그제야 정신을 되찾았다. 그가 시계추를 향해 분노의 앞발을 휘저어 댔지만 앵무새 시계를 멈추게 하기엔 역부족이었다.

문득 이오는 방금 입에서 질겅거렸던 '머위 잎'이 사막에서 션티가 건네준 편지였음을 떠올렸다.

"잊고 있었어. 미안해. 포포."

포포는 쪼그라진 머위 잎을 조심히 펼치고 나서 새겨진 글자를 하나하나 읽기 시작했다.

앵무새 시계를 지시하는 '시간 도둑'을 무찌르시오.

☞ 단, 그의 마음을 먼저 읽을 것.

'시간 도둑이라면, 바로 마법거인의 마음……?'

션티와 회색 눈 박쥐의 말대로라면 마법거인이 시계를 만든 이유는 백조들의 시간을 빼앗기 위한 것이었다. 그런데 그 뿐 아니라 머위 잎에 새겨진 대로 지시를 받는 '앵무새 시계'는 발레 학교뿐 아니라 토슈즈 공장과도 깊은 관련이 있었다. 포 포는 토슈즈 판매를 위한 칼리아 힐과 거인의 음모까지 한번 전부 연관시켜 생각해 보았다. 그는 그동안 자신을 위협했던 얼굴들을 하나둘 떠올리기 시작했다.

학교에서는 토슈즈만 신게 하고 허공을 나는 상상조차 못 하게 하는 바바 선생. 자신이 신비부츠를 신고 수업에 들어온 사실이 도대체 바바 선생에게는 왜 그렇게 화가 나는 일이었 을까. 또 자신을 늘 비웃어 왔고, 쓰레기장에서 수상한 행동을 했던 발레 반장의 모습. 토슈즈 공장에서 신비부츠를 발견한 칼리아 힐의 공포에 질린 표정까지….

여기에 앵무새 시계는 그동안 매일 일정한 시간에 노래를 불러 대며 시간 도둑인 마법거인의 지시에 따라 학교에서 백 조들의 소중한 시간을 채집하고 있었던 셈이었다.

그렇다. 그들 모두 시간 도둑들이었다.

포포의 머릿속 생각들은 짙은 비둘기색 물방울로 변해 계 속해서 저희들끼리 뭉쳤다가 흩어지고 있었다. 의문의 검푸른 물방울들은 정수리에 머물지 못하고 모두 바닥으로 떨어지고, 다시 하나의 맑은 물기둥으로 솟아오르고 있었다.

'……!'

포포는 순간, 모든 조각이 짜 맞추어진 듯 호수 전체의 어떤 한 장면을.눈앞에서 보았다. 또 그동안 낯선 곳에서 험난한 모험을 하고 많은 친구들과 이야기를 나눴던 자신의 모습 역시 순식간에 지나가는 것을 보았다.

'어쩌면 나는 처음부터 백조들과는 다른 길로 가야만 했던 거야.'

'왜 나는 백조들과는 다르게 토슈즈가 아닌 신비부츠를 신게 되었을까?'

사실 어린 오리는 아주 우연히 신비부츠를 신게 되면서부터 남들보다 훨씬 더 특별한 능력을 지니게 되었다. 위기 때마다 도움을 주었던 신비부츠 덕택에 그동안 그 위험한 황금호수의 모험을 전부 헤쳐 나갈 수 있었다. 하지만 이제 오리는 마음으로 황금호수의 보물의 의미를 다시 한번 깨닫게 된 것이다. 션티의 말대로 신비부츠는 결코 황금호수의 보물이 아니었다. 그는 모두가 숭배하는 그 신비부츠의 힘보다 더 중요한 것이 이 순간, 이 공간에 분명히 존재한다는 사실을 확인했다.

포포는 자신이 어느덧 이토록 많은 사실을 알게 되었다는 것이 너무 신기했고, 이는 모두 그런 경험들을 한 시간 덕분이라고 생각했다. 오리는 이미 과거 발레 학교에서의 숱한 실패 덕분에 자신의 어설픔쯤은 충분히 알고 있었다. 하지만 긴 여행이 끝날 때까지 다른 이들과 끊임없는 대화를 하려 했기에 그 과정 속에서 비로소 토슈즈 공장의 모든 비밀을 알게 된 것이라고 생각했다. 그리고 이 깨달음의 순간을 위해 매일 자신보다 미리 성숙해 주었던 몸과 마음에게 고마워했다. 이제 포포는 하루하루 위로부터 빛처럼 떨어지는 깨달음대로 살아가는 태도야말로 겸손하고도 가장 소중하다고 여기고 있었다. 그가 이런저런 생각들을 하는 동안, 포포의 부츠 굽은 또다시 꿈틀대고 있었다.

그때였다.

"어이, 너 오리알! 바바 선생님께서 그 부츠를 무척 찾으셨다고!"

발레 반장의 목소리였다. 그는 이번에도 역시 검은 자루 하나를 어깨에 메고 있었다. 하지만 눈동자는 완두콩색으로 변해 이미 앵무새 눈으로부터 완전히 일식이 된 상태였다.

반장은 어깨에 메고 있던 자루를 툭 하고 바닥에 내려놓았다. 그 속에서는 포포의 예상대로 어린 백조의 시계들이 쏟아져 나오고 있었다. 그는 이제 두 팔을 벌려 포포 가까이로 성큼성큼 다가왔다. 하지만 과거와 달리 어느덧 바바 선생과 똑 닮아 버린 발레 반장의 날카로운 부리는 이젠 몰라볼 정도였다.

넓적부리 오리는 멍하니 서서 그의 이름을 부르고 있었다.

"발레 반장."

"뭐야, 이제는 날 발레 퀸이라고 불러야 해!"

포포가 물었다.

"그 자루 속 시계들, 도대체 전부 어디서 모은 거지?"

"모두들 발레에만 관심을 쏟는 동안, 교실 바닥에 흘린 시계들을 몰래 주워 온 거야. 사실 그동안 바바 선생님께서 나한테만 각별히 부탁을 하셔서 말이지."

"그럼 네가 말도 없이 가져온 것이로군. 지금 그 주인들은 잃어버렸던 자기 시계를 몹시 되찾고 싶어 할 거야!"

발레 반장은 얼굴을 붉히며 대답했다.

"그럴 리가 없어. 그동안 우리들에게는 발레 수업 시간을 알리는 앵무새 시계 외에 다른 시계 따위는 가질 필요조차 없다고 배워 왔는걸."

"발레 반장 아니, 발레 퀸. 그렇지 않아. 사실 그 검은 자루 속 시계들은 말이지⋯⋯."

"듣기 싫어! 난 이제 황금부리처럼 될 거니까 어서 그 신비부츠나 이리 내놔!"

그가 키 작은 오리의 목을 거칠게 제압하려는 순간이었다.

"아악!"

이번엔 이오가 흥분하여 외쳤다.

"발 아래, 부츠를 좀 봐. 포포. 날개가 돋아나고 있어."

신비부츠 뒤꿈치에서는 새하얀 깃털이 돋아났고, 그 깃털은 살랑살랑 바람을 타기 시작했다. 그뿐만이 아니었다. 발걸음도 제법 가벼워지더니 몸 전체가 붕 하고 뜨는 느낌이 들었다. 포포는 왠지 모르게 마음속 어디서부터인가 용기가 점점 더 생겨나는 듯했다.

이제 넓적부리 오리는 키 큰 발레 반장을 힘껏 밀쳐 내고 있었다. 곧이어 날개 달린 부츠와 한마음이 되어 온 힘을 다해 도움닫기를 했다. 저 높이 앵무새 시계의 시계추를 향해 온몸을 던진 포포는 시계추에 찰싹 매달렸다. 그리고 거대한 진자 시계추와 한 몸이 되어 같이 움직였다. 아무런 의심이나 고뇌도 없이 시계추의 요동대로 그는 자신을 내맡기기로 한 모양이었다.

째깍째깍 똑딱똑딱.

시계추의 내부는 공장의 일터와 같이 혼잡스러웠다. 드르렁 크르렁 바쁘게 돌아가는 수레바퀴의 굉음이 들려오는 듯싶더니 곧 끼요오 하고 맹수들이 포효하는 소리로 변해 갔다. 포악한 늑대 이빨 소리가 자신의 귀를 물어뜯으러 가까이 다가왔을 때에도 포포는 잠자코 있었다.

"라르고! 라르고!"*

시계추에 매달린 포포를 보고 놀란 앵무새는 시계 위에서 푸드득거렸고 괴성을 질러 댔다. 그는 내려와 시계추 위의 침입자를 끌어내리려 했지만 오랜 세월 동안 몸이 너무나 무거워졌기에 움직이는 것 자체가 무리였다. 바닥으로 내려간다면 발랑 뒤집어져 버릴 게 뻔했다.

* 라르고(largo) : 매우 느리게

"내려와! 감히 그곳을 올라가다니!"

시계의 아래에서 경악해하는 발레 반장의 눈동자가 보였다.

하지만 아무리 키 큰 백조라 할지라도 커다란 시계추를 뽑아내지 않고서는, 혼자 힘으로 포포를 끌어내리기엔 역부족이었다. 그런데 포포가 시계추에 매달려 있는 사이 이상한 일이 벌어졌다. 추의 길이가 코끼리 코와 같이 점점 길어지고 있었던 것이다. 호수의 시간 역시 점점 느리게 가고 있었다.

23
소리 없이 사라진 시계들

교실 바닥에서 한창 점프 연습 중이었던 어린 백조들은 멍한 표정으로 서로를 쳐다보고 있었다. 일단 앵무새 시계의 마법에서는 일시적으로 풀려났지만 그 누구도 아무런 영문조차 몰랐다.

그동안 앵무새 시계의 눈동자로부터 일식 시간을 매일같이 지켜 왔던 백조들은 처음으로 정신을 차리고 자신의 주변을 찬찬히 둘러볼 수 있게 되었다. 온통 털로 어지럽혀진 바닥하며 붕대를 감은 무릎 그리고 토슈즈에 뭉개진 발톱과 발가락까지.

'그동안 왜 그렇게 바쁘게 느껴졌지?'

어린 백조들은 서로의 지친 얼굴을 바라보고 있었다. 그런데 한 백조가 무언가를 심각하게 찾기 시작했다.

"없어졌어……. 할머니께서 예전에 꾸며 주신 시계를 날갯죽지 속에 끼워 두었는데."

"내 시계 소리도 들리지 않아."

"혹시, 발레 반장이 한 짓 아니야?"

수업 중인 바바 선생은 금세 산만해진 교실의 분위기를 알아챘다. 웃지 않는 그의 표정은 여전히 딱딱했다. 어린 백조들의 시계를 찾는 울음소리만이 점점 커져 가고 있을 뿐이었다.

그러는 사이, 시계추 위의 포포는 주머니에서 작은 시계 하나를 꺼냈다. 모리는 그 시계를 받았고 재빨리 교실로 달려갔다. 그것은 과거 포포에게 발레 낙제점을 주었던 바바 선생의 것이었다. 천재 발레리노가 어린 시절 잃어버렸던, 아니 정확히 말하자면 내다버렸던 '갈색 목걸이 시계'가 지금도 째깍거리고 있었던 것이다.

포포가 괘종시계추를 붙들고 온 힘을 다해 무게를 싣는 동안 내려다본 시계추의 길이는 악어의 혓바닥을 모두 꺼내 놓은 길이보다 몇 배나 길어진 상태로 보였다. 축 늘어진 앵무새 시계추가 복도 바닥에까지 완전히 닿게 되자 교실 속의 시간도 완벽히 제 시간을 찾아가고 있었다.

저벅 저벅.

마법거인이 백조의 호수에 도착했을 때였다.

'오색 카펫'은 거인의 키 반만큼의 높이에 떠서 저만치 뒤에서 계속 따라오고 있었다. 작은 구름 폭풍이 금세 카펫 위로 몰려들었다.

그러나 '날아다니는 그것'을 처음 본 숲 속의 동물들은 놀라서 숨기에 바빴다. 카펫의 모서리로부터 구슬픈 새 울음소리가 희미하게 새어 나오고 있는 것이 몹시 불길했기 때문이다.

마법거인의 어깨 위 회색 눈 박쥐는 평소 모습과 다른 호수의 분위기를 감지했다.

"마법거인님, 지금까지 앵무새가 노래했던 시계의 속도보다 시간이 많이 느려지고 있어요. 그렇담 이곳은 마법의 지배로부터 일시적으로 풀려나게 된답니다."

박쥐의 설명에 흥분한 마법거인은 제일 먼저 바바 선생을 찾아 대며 교실 문을 화난 듯 부수었다.

마법거인의 험상궂은 얼굴을 정면으로 처음 보게 된 어린 백조들이 소리쳤다.

"으악!"

"괴물이다."

겁에 질린 어린 백조들은 차마 마법거인과 눈을 마주치지 못한 채 서로의 몸뚱이를 꼭 껴안고 덜덜 떨었다.

마법거인이 물었다.

"이것 봐. 도대체 앵무새 시계에 무슨 일이 생긴 거야?"

"거인, 난 당신의 마법을 알아챘소!"

거인의 앞으로 걸어 나오는 바바 선생의 모습은 이전과 다르게 차분하고도 냉철했다. 그의 목에는 낡은 갈색 시계가 걸려 있었다.

"이 백조 대가리야, 무슨 말이야! 잠자코 토슈즈나 팔 일이지!"

거인이 소리쳤다.

"펭귄들의 토슈즈로 백조들이 제대로 할 수 있는 예술이란 아무것도 없었소. 우리들이 유일하게 할 수 있는 발레조차 말이오."

바바 선생의 달라진 분위기에 무언가 문제가 생겼음을 알아챈 마법거인이 바바 선생을 구슬리듯 부드럽게 말했다.

"예전에, 우리의 대화를 그새 잊은 게야? 황금부리의 전설, 내 자네라 말해 주겠다고 진작 약조하지 않았나. 이번 할당량만 달성하게. 어떤가?"

"사실 내가 진짜 황금부리는 아니잖소. 그리고 난 당신이 예전에 했던 말들을 방금 전 겨우 기억해 내었소. 오색 앵무새가 저만큼 커질 때쯤에 그 털로 엮은 '날아다니는 카펫'을 타고 다닐 거라고."

그 말을 들은 마법거인은 당황했다.

"하하하. 이것 봐. 저 앵무새는 원래부터 내 것이었잖나. 또 순전히 내가 다 길러낸 것이고!"

바바 선생이 부들부들 떨며 대답했다.

"하지만 저 앵무새는 그동안 '백조 시계로 녹여 낸 태엽 밥'을 받아먹었소! 결국 레버와 태엽, 고철 덩어리 모두가 바로 우리들이 내다버린 아니, 잃어버린 시간에서 나온 것이니까."

이번 바바 선생의 목소리는 절규에 가까웠다.

몹시 화가 난 마법거인은 복도 근처에 있던 여러 개의 검은 자루들을 발견하고는 그것들을 몽땅 집어 들어 저 멀리 호숫가를 향해서 온 힘을 다해 던져 버렸다. 그리고 나서 바바 선생에게 다가오더니 부릅뜬 눈으로 말했다.

"똑똑히 봐! 고상한 척만 하는 백조들아. 너희들 머리와 팔다리는 이미 발레 동작 외엔 아무것도 기억나지 않을 거야. 그러니 저 시계들을 위해서 그 누구도 호숫물 속으로 뛰어들지 못할 거라고."

놀란 바바 선생은 교실 쪽으로 부리를 돌리더니 더듬거리며 물었다.

"저 시, 시계들을 가져올 백조, 그러니까 당장 용기 있게 저 호수 물 위로 날아갈 백조가 아직 남아 있나⋯⋯?"

"바바 선생님, 여기엔 날 수 있는 학생은 아무도 없어요."

누군가가 힘없이 대답했다.

드넓은 교실 안은 어린 백조들로 꽉 차 있었지만 너무도 조용했다. 그들은 지금에야 검은 자루 속 시계들이 정작 자신들의 소중한 시간이었음을 깨달아 가는 중이었기에.

마법거인이 사각지고 갈라진 턱을 거칠게 움직여 말하기를,

"이봐, 바바. 난 헤아릴 수 없는 수많은 날들 동안 태엽 감는 일을 해 왔지. 이렇게 된 마당에 오늘이 바로 마지막 앵무새를

죽이는 날이 될 거야. 오색 카펫을 타고 날아서 '획일 시간의 나라'로 도달하게 된다면 이젠 황금호수의 동물들 모두를 아주 쉽게 지배할 수 있게 되겠지. 내가 알기로는 현재 두 날개로 한 발짝이라도 날 수 있는 새는 아무도 없으니까."

"이럴 수가……."

바바 선생의 얼굴은 금세 흙빛으로 변하기 시작했다.

마지막으로 마법거인은 콧노래를 부르며 이렇게 외쳐 댔다.

"이제는 세상 모든 새들이 나는 법을 전부 잊어버렸어. 내가 '획일 시간의 나라'로 날아오르는 것을 그 누구도 막을 수 없다고. 크하하하!"

마법거인은 커다란 손으로 바바 선생을 움켜잡고는 던져 버렸다. 바바 선생의 몸은 마룻바닥에 힘없이 내동댕이쳐지고 말았다. 더 이상 아무런 쓸모가 없어진 헌신짝처럼.

한편 포포는 앵무새 시계의 시계추 아래에 매달린 채 점점 기운이 빠지고 있었다. 하지만 션티가 알려 준 '거인의 마음'이라는 단어만 머리에 맴돌 뿐, 어린 오리에게는 마지막으로 이 모든 상황을 해결할 수 있는 뾰족한 대책이 떠오르지 않았다. 이때 모리가 재빨리 달려와 발레 교실에서 있었던 일을 포포에게 전부 알렸다.

포포가 말했다.

"시간 도둑, 마법거인이 드디어 왔군."

교실 안에선 마법거인이 경중경중 뛰며 고래고래 '노래 부르는 소리'가 들려왔다.

쿵 쿵 쿵.

♬

열어라 열어라.

둑을 무너뜨려라.

드디어 여기 시간계의 제왕이 나타났도다.

♬

쿵 쿵 쿵.

그러자 세찬 돌풍이 불어왔고 지진은 점점 심해지고 있었다. 앵무새 시계 기둥마저 좌우로 몹시 흔들리고 있었다. 발레 교실 안은 굉음과 함께 전부 무너져 내리기 직전이었다.

그때였다. 눈을 감은 포포에게 섬광 같은 한 줄기 빛이 스치고 지나갔다. 그의 귀에는 소녀 션터의 목소리가 사뿐사뿐 들려오고 있었다.

'저 높이 하늘 구름 뒤 획일 시간의 나라에는 거대한 물줄기가 흐르고 있어. 황금호수의 모든 동물들은 언젠가 그 '절망의 물'이 땅 위로 쏟아질까 봐 매일 두려움 속에서 살아가고 있단다.'

눈을 감고 있던 포포는 어느덧 다음과 같이 외치고 있었다.

"그의 오색 카펫이 결코 완성되어서는 안 돼. 어서 저 시간 도둑이 사라져야만 해⋯⋯!"

시계추가 한 번 더 흔들리는 동안이었다. 눈을 뜨고 정신을 다잡은 포포는 시계추 아래에서 벌벌 떨고 있는 이오에게 손짓했다. 그가 수행해야 할 임무를 일러 주기 위해서였다.

"앵무새 시계는 이쪽에 있답니다. 시간의 왕님."

한참 동안 난폭한 괴성을 질러 대던 마법거인은 어디선가 들려온 작은 소리에 얼떨결에 행동을 멈추고 소리 나는 곳을 내려다보았다.

"뭐지? 이 밤톨만한 게."

발밑에는 껍질을 세운 맑은 빛의 달팽이가 있었다. 그는 오직 직접 길을 안내하기 위해 허리를 곧추세운 채 당돌히 서 있었다. 아이보리색 더듬이를 포함해 그의 몸집은 앙증맞고 아담했다. 마법거인이 충분히 마음을 놓을 수 있을 정도로.

복도 멀리 서 있던 모리는 거리에 앞장선 달팽이 이오가 당당하게 허리를 세운 채 서서 걷는 모습을 보자 그만 발을 헛디뎌 넘어지고 말았다.

드디어 마법거인은 허리춤의 칼을 빼 들었고 이오를 따라 앵무새 시계를 향해 점점 가까이 다가갔다. 하지만 시계추 위의 부츠 신은 오리를 발견하자마자 거인의 튀어나온 두 눈은 돌처럼 굳어 버렸고 몸은 제자리에 우뚝 서 버렸다. 이윽고 눈앞의 장면이 믿기지 않는다는 표정의 그는 코에서 화산이 분출하는 듯한 거친 숨을 내뿜었다.

"아니, 이건 또 뭐야! 예측불허의 새, 저 오리 새끼가 그동안 어디서 살고 있었지? 도대체 어떻게 살아남은 게야! 그리고 겁도 없이 내 보물 부츠를 훔쳐 내 날려고 했잖아."

마법거인은 말을 끝내자마자 포포의 엉덩이를 잡아 험하게 끌어내리기 시작했다. 하마터면 붙잡혀 떨어질 뻔한 포포는 오직 넓적부리만으로 시계추에 다시 단단히 매달렸다. 또 좌우로 똑딱이며 움직이는 시계추 덕분에 오리는 마법거인의 손을 이리저리 피해 갈 수 있었다.

"어라? 이 녀석 부리 힘이 제법이로군."

백조들에게 온갖 비웃음을 샀던 그 못난 넓적부리가 지금은 유일하게 오리의 목숨을 지켜 주고 있었다. 그 순간 거인의 커다란 손이 잽싸게 오리의 신비부츠에 달린 깃털을 쑥 하고 뽑아내었다. 휙 하고 깃털 두 개가 공중에 흩날렸다. 그러자 부츠의 모습은 먹물이 뿌려진 것처럼 꺼무죽죽하게 변해 갔다. 오리의 몸도 따라서 힘없이 축 늘어지고 있었다.

"내 카펫에 오리털을 좀 끼워 넣는 것도 괜찮겠군. 낄낄낄."

이제 마법거인은 앵무새 시계 앞에 서서 번쩍거리는 섬뜩한 칼끝을 머리 높이 쳐들었다. 그 순간 포포는 마지막 힘을 내어 시계추 위로 겨우 올라탔다. 그리고는 이렇게 말했다.

"거인님은 체구가 아주 위풍당당하십니다. 지금 저 정도 앵무새 크기로 난다는 것은 어림도 없는 일이죠. 그러니 앵무새를 오늘 죽이지 마시고 딱 하루만 더 키우십시오. 그래서 한 번에 제대로 나시는 게 과연 위대하신 결정이 될 것입니다."

좀 전까지 한껏 흥분했던 마법거인은 포포의 설득에 잠깐 동안 망설였다. 그러더니 뭔가 떠오른 듯 '옳거니' 하면서 칼집에 칼을 되꽂은 후 주머니에서 커다란 T자 레버를 꺼냈다. 그러더니 다이얼의 눈 태엽 구멍에 꽂았고 세차게 감아 대기 시작했다.

지지징 벅벅벅.

태엽 감는 소리가 사방으로 퍼져 나가기 시작했다. 오색 앵무새의 몸은 풍선처럼 더 커져 갔다. 마법거인은 숨도 쉬지 않고 온통 태엽을 감는 데 열중하고 있었다. 그런데 갑자기 태엽 구멍에 무언가 걸린 듯 끼기긱 하는 쇳소리가 나기 시작했다. 시계 위 앵무새가 자신의 귀를 막았다. 바로 그 소리의 정체는 포포의 주머니 속에서 흘러나온 '진주'였다. 언젠가 토슈즈 공장의 조개로부터 얻었던 것이었다. 포포가 시계추에 높이 매달려 거인과 실랑이하는 동안, 회색 눈 박쥐가 거인의 어깨에서 내려와 진주를 주워 재빨리 태엽 구멍 속으로 밀어 넣어 버렸던 것이다. 더 이상 그 누구도 태엽을 감을 수 없도록.

레버의 목이 댕강 부러지고 말자 오색 앵무새는 잔뜩 부푼 몸으로 공중에 구름처럼 둥둥 떠다니기 시작했다.

"이런, 오, 오색 카펫. 난 날아야 하는데!"

당황한 거인은 떠가는 그것을 향해 칼을 잡은 손을 정신없이 휘저어 댔다.

"살려 줘! 난 이렇게 죽을 줄 몰랐다고……. 정말이야."

궁지에 몰린 앵무새는 도리어 백조들을 바라보며 미친 듯 울부짖었다.

마법거인이 매몰차게 오색 앵무새를 홱 낚아챈 순간이었다. 곧 새의 부풀어진 몸은 바람 빠진 풍선처럼 쭈그러지기 시작했다.

피시식 소리에 당황한 마법거인과 오색 앵무새의 눈이 동시에 딱 하고 마주쳤다. 그 순간 앵무새의 붉은 부리에서는 다음과 같은 말이 흘러나왔다.

"하늘을 날려고 하는 자! 호수에서 영원히 추방되리라."

황망해진 마법거인은 그제야 자신이 직접 가르쳤던 마법술이 거꾸로 자신에게 쓰이고 있다는 사실을 깨달았다. 곧 거인의 키는 빠른 속도로 작아졌고, 바람이 빠져 납작해지고 있는 오색 앵무새 위로 떨어졌다. 동시에 그들은 피시식 저 멀리 호수 물 위로 떠가고 있었다. 이때 마법거인이 마지막으로 힘을 짜내 하는 말이 들려왔다.

"혹시 그렇다면, 저 오리 새끼가 전설의 황금……."

그는 길길이 날뛰고 있었지만 결국 푸시시 소리와 함께 앵무새의 뾰족한 부리에 몸통이 꿰어진 채 폭포의 벼랑 아래로 떨어졌다.

"아아악!"

"시간도둑이 죽었다!!"

"와! 앵무새도 사라졌다!"

숨어서 지켜보던 백조들이 전부 몰려나와 외쳤다.

어느덧 괘종시계 아래에서는 놀라운 일들이 벌어지고 있었다. 어린 백조들이 저마다 앞다투어 나서더니 시계추 위의 포포가 아래로 내려올 수 있도록 도왔다. 이미 포포는 홀로 마법 거인과 싸우느라 잔뜩 지쳐 있었다. 땅 위로 무사히 내려오자 오리는 이렇게 말했다.

"저 시계추까지 완전히 뽑아내야 해요."

어린 백조들, 모리와 이오, 그리고 바바 선생까지 그들 모두는 힘을 합쳐 시계로부터 추를 뽑아냈다.

부러진 태엽과 뽑아진 시계추, 산산조각이 난 진주알, 그리고 사라진 앵무새로 해체된 거대한 시계를 누구라고 할 것 없이 모두 한참 동안 바라보았다. 사방이 개미 소리 하나 없이 조용

해지자 교실 안에는 한숨과 잔기침 소리, 훌쩍이는 소리가 조금씩 퍼졌다. 이 순간이 바로 황금호수를 지배해 왔던 '시간 마법'이 풀려 나가는 꿈만 같은 순간이었던 것이다.

이때, 내부가 온통 무너진 교실의 한쪽 구석에서는 포포 이스트가 부스러져 버린 진주 조각을 하나하나 집어서 유리 상자 안에 담고 있었다.

사라진 오색 앵무새에 대해 나중에 알게 된 사실이 있다. 오래전 한 마리의 어린 앵무새는 거인과 종종 마주친 적이 있었다. 그때 새는 형형색색의 제 깃털들을 뽑아 거인에게 자랑하곤 하였다. 새는 거인에게 자신의 유일한 소원은 제 외모를 두고 황금호수의 모든 동물들이 찬미하는 것이라고 말했다.

이에 마법을 자유자재로 부리는 거인은 꿈에 부푼 앵무새에게 자신이 만든 무대 위에서 '마법의 노래'를 부를 것을 청했고, 이후 어린 앵무새는 '시간이 조급히 흐르는 철창'에 갇히게 되었다. 앵무새는 그곳에서 두 날개가 꺾인 채로 매일 노래를 위한 고된 훈련을 하며 길러졌다. 그 노래 가사란 '누구도 날지 못하게 하는 흑주술'이었다. 반복적이고 빠르게 노래하는 그

주술문에는 파괴적인 마력이 가득 담겨 있었다. 철창 안의 날개 꺾인 어린 새의 목소리에는 점차 분노만이 스미게 되었다.

그렇게 매일같이 오색 앵무새의 노랫소리가 교실을 향해 울려 퍼질 때면, 백조들은 눈동자가 변한 채 그 앞으로 몰려들 수밖에 없었다. 두 날개는 펼칠 엄두조차 내지 못하고 오직 같은 발레 동작만을 반복하며……

24
새로운 시간이 탄생되다

사건이 마무리되고 어린 오리 포포는 한동안 행복하게 지냈다. 하지만 요즘 다시 새로운 고민에 휩싸이게 되었다. 황금의 호수에서 앵무새 괘종시계가 갑작스레 사라지자 백조들이 대혼란에 빠진 것이다.

그동안 발레 외에는 아무것도 하지 않았던 백조들은 공식적인 발레 수업이 없어진 후로, 하루 종일 잠만 자 댔다. 또 바윗돌 위에 기대어 꼼짝도 하지 않고 먹기만 하니 곧 피둥피둥 살이 오르는 이들도 늘어났다.

그러던 어느 날 아침, 얼굴이 해쓱해진 바바 선생이 포포의 집에 찾아왔다. 문을 열어 준 포포는 다소 놀랐지만 그를 흔쾌히 맞아들였다. 이제 바바 선생은 예전의 그가 아니었기 때문이다.

포포와 마주 앉은 바바 선생은 잠시 머뭇거리더니 이내 모든 걸 토로하듯이 말하기 시작했다.

"아주 오랜 옛날부터 황금호수에 전해 내려오는 이야기일세. 처음 신비부츠가 낡은 뗏목 위에서 발견되었을 때였어. 그더할 나위 없는 신비로움과 아름다움에 백조들 모두가 놀랐지. 부츠를 보고 싶어 열병을 앓는 이까지 생겨날 정도였다고 하더군. 어쨌든 백조들은 그것을 기념하여 '백조의 보물 1호'로 정한 거야."

오리의 눈은 동그래졌다.

"부츠는 원래 백조들의 보물이었군요."

바바 선생은 고개를 끄덕였다.

"하지만 어느 날 평화스러운 호수 마을에 마법거인이 몰래 침입했고 우리의 '보물 1호'를 훔쳐 냈어. 그 후 그는 펭귄 칼리아 힐가家와 계약을 맺고 그의 마법으로 거대한 토슈즈 공장을 차려 버린 거야. 그리고는 우리를 찾아와서 실력 있는 '발레퀸'에게 '황금부리'의 칭호와 함께 그 '신비부츠'를 수여할 것이라고 홀려 댔지."

"그래서 발레 대회가 생기게 되었군요……."

포포는 계속 이어지는 바바 선생의 이야기를 집중해서 들었다.

"그래, 바로 그 괴상한 앵무새 시계를 설치하면서 말이지. 또, 그 괘종시계 소리 때문에 백조들은 마음이 점점 조급해지기 시작했어. 오색 앵무새가 '황금부리'라는 요망한 노래까지 매일같이 불러대자 우리는 모두 발레에 홀려 버리고 만 거야. 모두들 오직 부츠의 주인만 되고 싶어 했어. 아니, 어쩌면 다른 친구들에게 빼앗기기 싫어서가 맞을 걸."

"그리고 바바 선생님께서는 마법거인과의 은밀한 계약 후에 백조 학생들에게 계속해서 토슈즈를 사도록 강요하신 거지요?"

바바 선생은 포포의 날카로운 질문에 화들짝 놀랐다.

"어떻게 알았지? 포포. 그건 아무도 모르는 사실인데?"

"토슈즈 공장 전시실에서 바바 선생님의 판매왕 사진을 보았어요."

몹시 부끄러운 표정의 바바 선생은 순순히 그에 관한 사실을 털어놓았다.

"그래. 그때는 마법거인이 나를 전설의 '황금부리'라고 선포해 줄 것이라고 정말 믿었거든. 일단 무슨 수를 써서라도 제일 먼저 판매왕이 되어야만 했어. '만약 내가 '황금부리'라는 칭호를 따낸다면 마을 주민들 모두가 내 말에만 복종하겠지.'하고 생각했지. 그 욕심 때문에 당연히 수업 시간은 길어질 수밖에 없었어. 토슈즈가 어서 빨리 닳아야 했으니까. 하지만 마법거인에게는 전혀 다른 꿍꿍이가 있었던 거야. 우리 백조들의 시간과 꿈을 전부 가져간 후 저 혼자 날려고 했던 거지……."

바바 선생은 과거를 떠올리자 괴로운 듯 고개를 떨어뜨렸다.

길게 한숨을 내쉬다가 그는 다시 말을 이었다.

"푸푸, 내, 자네에게 큰 신세를 졌네. 내가 좀 더 발레를 즐길 수 있었다면 행복한 인생을 살았겠지. 그때 이 시계를 무심히 버리지만 않았어도…… 콜록."

그는 한참 동안 자신의 오래된 시계를 만지작거리며 바라보았다.

"하지만 지금이라도 내 시계를 되찾게 되어 기쁘다네."

포포가 말했다.

"선생님은 어렸을 적부터 발레를 아주 사랑했으니까요."

바바 선생은 부끄러운 듯 고개를 살짝 끄덕였다.

"그래서 내 이제는 어린 백조들을 위해 도움이 되는 일을 할 수 없을까 고민 중이라네. 백조들이 만약 지금처럼 시간을 보내게 된다면 걷지도 못하고 모두 뚱뚱해지기만 할 테지."

포포 역시도 바바 선생의 말대로 어린 백조들이 놀기만 하는 것이 걱정됐다.

바바가 나가고 나서 어린 오리는 주머니 속에 손을 찔러 넣고 한참을 뒤척거리며 생각에 잠겼다.

그날 밤, 포포는 꿈을 꾸었다. 전나무 아래에 세 개의 분수-과거, 현재, 미래-가 나타났다. 그중 아이의 얼굴을 한 현재의 분수가 포포에게 다가와 말을 걸었다.

"요즘에는 많은 백조들이 숲 속에 와서 자주 물을 길어 주고 가요. 덕분에 전 늘 충만히 흐를 수 있게 되었어요. 고마워요."

"모두들 이제 현재에 관심을 기울여서 나도 좋아."

꿈속에서 포포는 기쁜 목소리로 대답했다.

이윽고 나머지 두 개의 분수인 과거의 할아버지와 미래의 아가씨가 입을 열었다.

"사실, 저희 둘은 실제로 존재하지 않았어요. 그저 현재라는 분수대의 환영일 뿐이었답니다."

그 둘은 장난기 어린 표정으로 현재의 분수대 뒤로 숨었고, 순식간에 사라져 버렸다.

세 개의 분수대가 그렇게 하나로 합쳐졌다. 싱싱하고도 희망찬 모습으로 하늘 높이 솟구쳐 오르는 현재의 물줄기를 포포 이스트는 한참 동안 바라보았다.

잠에서 깨어난 포포는 시계 수리공 회색 눈 박쥐와 만나 여러 가지 이야기들을 나누었다. 둘은 집 근처에 장작불을 피워 밤을 지새우기 시작했다. 바로 계단 없는 어둠의 산 절벽 아래에서 주워온 백조들의 고장 난 시계들과 부숴 버린 앵무새 괘종시계의 고철들을 모아 전부 불에 녹이고 있었던 것이다. 며칠 후 그들은 호숫가로 나가 좌판에 수많은 시계들을 펼쳐 놓았다.

하나둘 백조들이 몰려들었고 모두들 그것을 신기한 듯 바라보았다. 이번 새로운 시계의 특징은 다이얼의 테두리에 아무런 눈금이 없다는 것이었다. 다이얼에는 각자가 원하는 대로 시곗바늘을 직접 달 수가 있었다. 또한 바늘의 속도와 숫자도 마음대로 꾸밀 수 있도록 하였다. 이젠 그 누구라도 일방적인 시간 기준을 강요할 수 없게 되었다. 물론 호수의 동물 전부가 모이는 단체 약속을 잡기는 도무지 어려웠지만, 백조들은 자

신들만의 시계를 가진 이후로 분명 이전보다 더 여유로운 생활을 할 수 있었다. 그들은 전에는 볼 수 없었던 새롭고 자유로운 춤을 모두에게 선보이기도 했다.

백조들이 시계를 잘 사용하게 되자 호숫가의 햇볕은 더 강렬해졌고 풀잎들은 산들바람을 타고 선명히 흔들렸다. 그 사이로 꿀벌들과 나비들은 즐겁게 꿀을 모았으며, 바위 아래 붉은 가재는 거침없는 물장구를 쳐 댔다.

회색 눈 박쥐 역시 황금호수의 시계 수리 일에만 전념할 수 있었다.

어린 오리 포포도 많은 친구들이 저마다의 일상을 찾게 되자, 그동안의 고생은 모두 잊은 채 보람을 느끼고 있었다. 그렇게 오리에게는 하루하루 눈금 속 시간조차 잊은 호수 생활이 마냥 소중하고 즐거웠다.

한편 모리는 토슈즈 공장에서 최근 벌어졌던 소식들을 포포에게 알려 왔다. 모리의 친구가 뗏목을 타고 다니는 긴 머리 소녀로부터 들었다며 모리에게 전해 준 이야기는 다음과 같다. 남쪽 끝 얼음나라의 물고기는 사실 마법거인이 밤마다 몰래 전부 잡아먹었고, 어린 펭귄들을 토슈즈 공장원으로 끌어들이기 위해 그들에게 거짓말을 했던 것이다. 커다란 딱정벌레만 가지게 된다면 미래에는 아무 걱정 없는 생활을 하게 될 것이라고 소문을 내면서 말이다. 그리고 마법거인은 칼리아 힐가와 짜고 그동안 이 모든 사실들을 감추어 왔던 터였다. 어느 날 태엽 감으러 오는 자가 사라지고, 앵무새 시계도 결국 멈추게 되자 토슈즈 공장의 어린 펭귄들도 몰라보게 게을러졌다고.

마법에서 풀려난 어린 펭귄들은 공장으로부터 탈출을 시도하였는데, 출구를 찾지 못하던 그들은 조개들의 안내로 겨우 목욕탕 지하로 나 있는 하수구를 통해 함께 나갈 수 있었다고 했다. 이러한 토슈즈 공장의 반란에 놀란 칼리아 힐은 급하게 펭귄 부하들을 시켜 어린 펭귄들을 뒤쫓게 했다. 그러나 끈 풀린 딱정벌레의 간지럼힘에 부하들 대부분은 힘을 쓰지 못했다. 그리고 펭귄들은 특유의 낙천적인 성격으로 돌아갔기에 낭만에 빠지거나 시상詩想에 잠겼고 특별히 싸울 이유를 찾지 못했다고.

마음이 다급해진 칼리아 힐은 직접 하수구까지 뒤쫓아 가기로 결심했다. 하지만 그동안의 학대로 분노한 까마귀들이 뒤따라 다니며 그녀의 발등을 쪼아 먹어 버렸기 때문에 그 발로는 더 이상 걷지 못하게 되어 버렸다. 여기에 끊임없이 뿜어 나오는 굴뚝 연기에 짜증이 나 버린 공장 밖 낙타들은 코뿔소들을 데려오고 있었다. 그들이 펼친 몇 번의 연합 공격만으로 토슈즈 공장의 벽들은 구멍이 숭숭 날 정도였다. 그 후 공장 벽은 완전히 무너져 내렸고 소라 껍데기가 무더기로 쌓인 폐허로 발견되었다는 이야기까지 포포는 빠짐없이 전해 들을 수 있었다.

그 후 며칠 동안은 비가 계속 내렸다. 호숫가에 비가 그치고, 하늘이 맑게 갠 어느 날이었다. 포포는 나무 밑동에 걸터앉은 채 호숫가의 하늘을 바라보고 있었다. 구름들의 시가행진이라도 시작된 것일까. 어린 오리는 노랑부리를 뾰족이 내밀더니 혼잣말로 중얼거렸다.

"저 구름은 이사 가는 오리 가족이야……."

마침 막 땅을 뚫고 올라오던 모리는 그 순간만큼은 아무것도 모른 척하기로 했다. 아침 내내 지하방에서 준비해 온 따뜻한 '갯지렁이 스프'는 다음에 건네주기로 하고. 포포가 자신의 엄마 얼굴을 한 번도 본 적이 없다는 사실을 누구보다도 잘 알고 있는 모리였기 때문이다. 모리의 작은 눈으로 바라본 커다란 뭉게구름은 어느덧 마음 좋은 할아버지의 턱수염으로 바뀌어 있었다.

그렇게 한참의 시간이 구름과 함께 흐르고 있었다. 차가운

호숫가의 어린 오리는 마냥 주저앉아 높고 짙푸른 하늘에서
좀처럼 눈을 떼지 못하고 있었다.

무언가를 깊이 생각하거나 혹은 추억하려는 듯……

그때 포포는 무슨 생각이 떠올랐는지 잎사귀 하나를 주웠
고 엉덩이의 털 하나를 뽑아냈다. 그리곤 여느 때와 다름없이
천천히 글씨를 쓰기 시작했다. '공상과 끼적거림'만이 그가 겪
어야 할 고독의 유일한 놀이가 되어 주었으므로.

Dear. 유일한 모리

'황금호수의 보물'을 찾기 위한 험난한 모험에
기꺼이 달려와 주었지.
이 고마움을 어떻게 전해야 할지 모르겠어.
기쁜 소식도 있어.
나의 현명한 소녀님 '션티'가
내주신 '신비부츠보다 더 귀한 보물'을
이미 찾았거든.
그래서 말인데,
너에게 맡길 게 있어…….

오리가 편지를 쓴 후 고개를 들자 동쪽 하늘로부터 가늘게 흩날리는 구름떼가 몰려왔다. 낱개로 떨어져 나온 그들이지만 모두 바람에 대항하듯 전진하고 있었다.

'경쾌한 새털구름이로군.'

문득 어떤 기억이 떠오른 것일까. 어린 오리는 가만히 고개를 숙여 자신의 날개를 조심스레 펼쳐 보았다.

'날개……?'

마침 드넓은 호수에는 청포도를 짜낸 듯한 연두색 피그먼트 _{동물·식물 등에 자연 상태로 존재하는 색소}가 뿌려지고 있었다. 동시에 고무래 모양의 바람이 낮은 높이로 물 위를 훑고 지나가자 호수는 순식간에 미려한 실크로 변해 버렸다. 그 위에 누벼진 잔물결 문양들은 점차 가지런하고도 또렷해졌다.

황금의 호숫가는 맨발로 들판을 뛰어다니는 온갖 새들을 포함해 숲 속에서 몰려드는 동물들로 가득 붐비고 있었다.

그때였다. 포포의 눈에 호수 저편에서 수많은 이들이 내려오고 있는 것이 보였다. 이제는 물고기가 차고 넘치는 '남쪽 얼음땅'으로 돌아가는 토슈즈 공장 펭귄들의 뗏목이었다. 포포

는 반가움에 그들을 향해 저 멀리 손을 흔들어 보였다. 그곳에
는 일곱 살 미소의 또또도 있었다.

'잘 가요. 이제야 고향으로 가는군요.'

저 멀리 반짝이는 물 위의 뗏목을 향해 마음으로 인사하고
있었다.

또, 내일은 드디어 홀로 걷게 될 '진정한 마라토너 이오'의
직립 도보 여행길을 포포가 직접 배웅하기로 한 날이었다.

그날 밤이었다. 황금호수의 길가에 살고 있던 모든 나팔꽃
잎에게서 맑은 뿌우 소리가 났다. 그 다음엔 넝쿨들이 온 힘을
다해 피어나기 시작했다. 또 나팔 소리 때문에 선잠을 깬 초롱
꽃 남매들은 차례로 딩동댕거리며 흔들렸다. 별이 잠든 동틀
새벽녘이 되자, 이번에는 잎맥 주름이 깊은 비비추의 커다란
잎사귀 위로 맑은 이슬들이 고이고 있었다. 작은 달팽이 한 마
리가 입을 흠뻑 적실 수 있을 만큼의 양이었다. 승리를 기원하
는 목소리가 하나둘 잎자루 아래 구르듯 흘러내리고 있었다.

또르르 소르르 또르르르.

25

다람쥐들의 마음속으로

보름달이 높이 떠 밤이 깊어질 때까지 두더지 아저씨의 이야기를 듣고 있었던 어린 다람쥐들의 새까만 눈에는 어느덧 맑은 눈물이 그렁그렁해졌다.

그들 중 막내 다람쥐가 물었다.

"그 다음에 포포는 어떻게 되었나요?"

두더지 아저씨는 두꺼운 책을 덮으며 대답했다.

"백조들의 영웅이 된 포포 이스트는 친구들과 모여 한동안 자유롭게 춤을 추며 놀았단다. 다시 돌아온 포포의 양부모님도 물론 같이 기뻐했어. 기실 그것은 춤이 아닌 '자유의 푸닥거리'라고 봐야겠지. 아무렴."

그때 책상 위에 놓인 안경을 가지고 장난을 치던 다람쥐가 제자리에서 풀쩍 한 바퀴 돌더니 다시 두더지 아저씨에게로 바짝 다가앉았다. 이번엔 두 번째로 어린 다람쥐가 물었다.

"그럼, 커다란 앵무새 카펫도 마법거인과 같이 사라졌겠지요?"

두더지 아저씨는 집게손가락을 들며 대답했다.

"마법거인이 사라지자마자 그동안 그가 짰던 오색의 카펫은 전부 흰 털로 바뀌고 말았어. 또 호수에는 백조들의 것으로 보이는 수천 개도 넘는 날개털들이 날아와 눈과 같이 전체를 뒤덮었단다. 그런데 왜 그런 일이 일어났을까? 그건 바로 그동안 백조들이 내다버린 시계로 인해 앵무새 시계가 유지되고 있었단 증거지."

두더지 아저씨는 계속 말을 이었다.

"그로부터 며칠이 지나지 않아, 포포의 집에 찾아간 절친한 친구 하나가 '엄마 품' 어항 침대 옆에서 '신비부츠'를 발견했어. 주인이 벗어 두고 간 거지. 무엇을 결심하였는지 모르겠지만, 아마도 그는 소녀 션티의 가르침대로 신비부츠보다 더 소중한 보물을 찾은 게 분명했단다."

맏이 다람쥐가 눈을 반짝이며 물었다.

"그 후로 포포가 떠나 버린 건가요?"

두더지 아저씨는 먼 산을 바라보며 말했다.

"응, 뒤늦게 그 사실을 알게 된 백조들은 뛰어다니며 그를 찾아 나섰지. 그리고 한참 후에야 폭포수 근처에서 겨우 오리 한 마리를 발견할 수가 있었어."

"그 다음은요?"

마지막으로 다람쥐들 모두 입을 모아 묻고 있었다.

"하지만 그는 이미 공중으로 붕 떠오르고 있었어. 어느새 몸집과 다리도 예전보다 더 커져 보였지. 게다가 아무것도 신지 않은 맨발에 널따랗게 펼쳐진 두 날개뿐이었으니……. 그곳에 있던 백조들이 모두 놀라 버릴 수밖에. 그는 날개가 날기 위해 존재한다는 것을 보여 준 '황금호수 최초의 새'였으니까."

"……"

순간 방 안의 다람쥐 형제들은 무엇이라도 본 듯 아무 말도 하지 못하고 있었다. 이제 두더지 아저씨는 오늘 그들에게 해 줄 마지막 이야기를 시작하고 있었다.

"커다란 날개가 힘차게 창공을 가르는 순간, 고개를 돌린 그의 넓적부리는 호수의 그 어떤 새보다도 아름다웠다고 모두들 입을 모아 말했단다. 은은하게 빛나는 그의 '황금부리'는 마치 '이봐, 너희들은 나보다 더 큰 날개를 지녔잖아. 어서어서 두 날개를 펼쳐 하늘을 날아보렴.'하고 외치는 듯했지. 그로부터 용감한 '황금부리 포포'를 따르겠다는 이들이 생겨났단다. 바로 날개의 쓰임에 대해 새로이 관심을 가지게 된 새들이었지. 그들 중 몇몇의 어린 새들은 얼마의 시간이 흐르지 않아서 하늘을 향해 날아오르는 데 당돌히 성공하였고 말이다. 게다가 황금부리 이야기를 소문낸 모든 부리는 마을의 크고 작은 새들까지 전부 황금빛으로 변해 버렸다고 했지."

서재에서 두더지 아저씨로부터 포포의 모든 이야기를 전해 들은 어린 다람쥐들은 그것이 전설이 아니라 실제였다고 진심으로 믿고 있었다. 그날 밤은 나무 위의 부엉이조차 울지 않는 고요한 밤이었다. 숨을 죽인 속 깊은 어둠의 머리칼을 뚫고 목련의 길고 흰 꽃잎들만이 눈처럼 무수히 흩날릴 뿐.

여덟 개의 작은 심장은 밤나무 꼭대기의 방 침대에 누운 후로도 계속해서 두근거렸다. 그들은 좀처럼 잠들 수 없었으며, 두더지 아저씨 역시 잠 못 드는 긴긴 밤을 보내야만 했다. 언젠가 무지개 폭포 위로 날아간 어린 오리가 황금호수로 다시 되돌아올 날만을 기다리면서……. 그날따라 뿌리층 서재의 신발장은 열려 있었는데, 그 안에는 한 쌍의 부츠가 들어앉아 있었다. 뾰족한 부츠 코는 순간 반짝이며 빛을 발하고는 밖을 내다보고 있었다.

어린 오리 포포

포포의 출생에 대해 알려지지 않은 진실이 있다. 그의 고향은 폭포가 있는 동쪽이고, 그래서 그의 성이 'East'가 되었다는 사실을 뒤엎는 설이 나온 것이다. 최근 원로 새들 사이에서 그에 대한 의견이 분분하다.

지도를 보면 폭포는 사실 호수의 서쪽에 있고, 동쪽 끝에는 온통 바다뿐이라고. 또 그쪽 부근에는 백조보다 우수한 지능을 가진 새는 아무도 없어 백과사전이 동쪽에서 떠내려 왔을 리 만무라는 것이다.

그리고 백과사전에 대해 내려오는 그들만의 기록이 있다. 수년에 한 번씩 물가에서 발견되는 커다란 책은 그동안 그 누구도 해독하지 못했다고 했다. 백조 노부부의 말대로라면 아기 오리는 책장을 직접 넘기고 정확히 아래를 뚫어져라 보면서 떠내려왔다고 했다. 하지만 이후에 토슈즈 공장 여행 중 그와 대화한 동물들의 소문대로라면 아마도 오리는 백과사전 속 내용을 모조리 이해했음이 틀림없다고.

자신들의 시계를 되찾게 된 백조들은 그렇다면 그의 뇌는 일반 새의 뇌가 아니라 특수한 외부 세계와 소통하고 있을 정도로 비범한 뇌를 가진 것이라고 지금도 굳게 믿고 있다. 또 포포가 우연히 발견한 신비부츠 역시 바바 선생이 밤마다 숲을 뒤져 찾아 헤맸으나 결코 그것을 찾을 수 없었다고 했다.

만약 하늘을 향해 날아가 버린 포포가 다시 돌아온다면, 어린 백조들은 그에게 묻고 싶은 게 많다. 어떻게 다양한 친구들과 거침없이 대화할 수 있었고, 또 그들의 삶을 전부 이해한다는 눈빛을 보냈는지 말이다.

달팽이 이오

그는 어쩌면 핵가족 시대의 피해자다. 달팽이들은 자신만의 시간을 중시해 자주 껍질 속으로 쏙 들어가 버린다. 그곳에서 달팽이들은 대개 본인들이 좋아하는 노래를 흥얼거리거나 자신들의 뿔같이 생긴 더듬이를 매만지면서 시간을 보낸다. 그들은 서로의 사생활을 침해하는 것을 극도로 꺼리기 때문이다.

하지만 달팽이 이오는 늘 그러한 집안의 분위기를 힘들어하곤 했다. 왜냐하면 그는 수다쟁이기 때문이다. 약간 허풍쟁이이기도 하면서 말이다. 그는 누군가와 많은 대화를 나누고 싶었지만 이오의 부모는 그런 그를 이해해주지 못했다.

이오가 늘 하는 말은 '나는 직립 보행이 가능하다.'는 말이 대부분인데, 아무도 그를 상대해 주지 않았다. 그는 점점 외로워졌고, 어느 날 홀로 여행을 떠나기로 마음먹었다. 나무 위에서 쉬던 중 어린 오리 포포와 두더지 모리를 멀리서 발견한 그는 반가움에 온 힘을 다해 넝쿨에 매달렸고, 포포의 바가지 속에 제대로 안착할 수 있었다. 그들의 만남은 바로 그렇게 시작되었던 것이다.

두더지 모리

과거 황금호숫가 백조들은 두더지, 너구리, 개미, 지렁이 등 땅속 동물들에게 몹시 인색했다. 백조들이 호수가 마치 자신들의 영토인 양 으스댔기 때문에 땅속 동물들은 늘 호박이나 버섯 뒤에 숨어 다녀야만 했고 아예 이들끼리 모여 지하실 방을 꾸려 살게 되었다.

너구리들은 지하실에서 절대 연기를 피우면 안 된다는 규칙을 세웠고, 지하 통로는 이들이 외출할 때마다 새롭게 뚫렸기 때문에 지도는 수시로 바뀔 수밖에 없었다.

두더지 모리는 두 앞발로 땅굴 파기에 아주 능숙하다. 그는 땅

속 세계의 지도를 오늘도 매일같이 직접 그리고 있는 지도쟁이다. 그는 종종 호숫가 포포를 만나 지하세계의 지도를 전부 보여줬다. 보이지 않는 지하세계가 얼마나 깊고도 넓은 세계인지, 또 신비한 곳도 아주 많다는 사실까지……

또한 포포의 편지를 열심히 읽는 두더지 모리. 하지만 답장은 전혀 쓰지 않는다. 이심전심을 믿는 것일까? 아님, 글을 쓰지 못하는 것일까?

그는 한 번도 학교에 다닌 적이 없었고, 늘 말이 없어 심심해 보이기까지 하지만, 사실 굉장히 지적인 외모의 소유자다. 왠지 몹시 많은 글귀를 읽은 듯하고, 그의 눈동자는 무척 까맣고 빛이 난다.

언젠가 그와 오랜 시간 대화해 본 적이 있는 누군가가 말했다. 그가 쓰는 언어가 무척이나 고상했다고. 하지만 동물들이 전부 몰려와 동물들의 생에 대한 질문을 던졌을 때 당황한 그는 또 입을 꾹 다물어 버렸다고 했다. 그래서, 사실 그의 지성을 제대로 확인해 보기는 어렵다.

모리는 지하실 동물인데도 의외로 땅 위 세계에 호기심이 많다. 포포는 오리 특유의 넓적부리로 호숫가 이야기를 아무 소리나 떠들어 대지만, 두더지 모리는 그 얘기들을 전부 눈을 반짝이며 가만히 듣고 있다. 가끔씩 모리가 여기저기에서 포포가 신을 만한 토슈즈를 주워 오리의 방에 던져 놓고 갔던 것을 보면, 포포의 속 깊은 친구였음은 틀림없는 사실이다.

현명한 소녀 션티

현명함이란 과연 어른들의 전유물인가. 노숙해진다는 말은 곧 지혜로워진다는 말과 동의어가 될 수 있는가. 우리가 소녀 션티의 생각을 듣게 된다면 작은 자가 얼마나 아름다운지 알게 된다.

처음부터 몸 속에 지니고 있었던 단순한 지혜는 어쩌면 우리 스스로 욕망의 안개를 드리우고 보려고 하지 않아서였는지 모른다. 그는 세상의 많은 이치를 깨닫고 있다. 부드러움은 강한 것을 이기고 형체가 없는 연약한 물과 같이 보여도, 물은 그 어떤 틈새든 파고들 수 있다고. 강함은 부러지기 마련이고, 부러지면 그 물건의 쓰임새는 없어져 동물들의 손에 의해 버려지게 된다고 한다.

션티는 뗏목을 타고 다닌다. 나무로 만들어진 뗏목은 강 위를 떠다니는데, 사막이든 바다든 그가 갈 수 있는 곳에는 제한이 없다. 백조들로부터 쫓겨난 포포를 돕기 위해 션티가 나타났는데, 사실 소녀가 어디에서 왔는지 아는 자는 아무도 없다. 다만 그는 빗자루를 연상시키는 풍성하고 긴 머리칼을 가지고 있고, 솔기가 낡은 보라 가지색 긴 치마를 입고 있다. 그리고 포포는 어떤 빛나는 오라aura가 그의 머리 근처에 머물고 있는 것을 한밤중에 놀라서 본 적이 있었다.

소녀는 다른 이에게 조언을 할 때 긴 말이나 큰 소리를 좀처럼 내지 않는다고. 쓸데없는 말이든 잘난 체든 모두 묵묵히 들어 주고, 그리고 시간이 한참 뒤에 말한 자가 스스로 부끄러워하게 하는 능력을 가지고 있다고 한다.

아무튼 소녀 션티는 포포가 만난 가장 현명한 존재임에 틀림없다. 저 멀리 다른 나라에서는 그 단어를 두고, '멘토'라고 부른다고 한다. 그녀는 오늘도 뗏목을 타고 멘토를 절실히 구하는 동물들을 직접 찾아가고 있다.

에필로그

약 10년 전 어느 날, 가파른 언덕길을 오르는 중이었다. 나는 숨이 턱까지 차올라 기대어 쉴 나무 하나를 찾고 있었다. 오래된 밤나무의 뿌리 부분에 작은 문이 있음을 우연히 발견했다. 그곳은 썩 정교하게 꾸며진 두더지의 책방이었다. 처음에는 내 귀를 의심했지만 그들은 분명 포포라는 오리에 대해 말하고 있었다.

사실 『황금부리』는 바로 그곳에서 다람쥐 남매들 모르게 내가 엿들었던 이야기다. 세상 어느 곳에서도 듣지 못한 이야기를 들려준 두더지 모리에게 깊은 고마움을 전한다.